Shenqi De Silu Minjian Gushi

神奇的丝路民间故事

俄罗斯
民间故事

ELUOSI MINJIAN GUSHI

丛书主编　姜永仁

本册主编　粟周熊

时代出版传媒股份有限公司

安徽文艺出版社

图书在版编目（ＣＩＰ）数据

俄罗斯民间故事/粟周熊本册主编. —合肥：安徽文艺出版社，2018.1
（2020.6重印）

（神奇的丝路民间故事/姜永仁主编）

ISBN 978-7-5396-6130-8

Ⅰ．①俄… Ⅱ．①粟… Ⅲ．①民间故事－作品集－俄罗斯

Ⅳ．①I512.73

中国版本图书馆 CIP 数据核字(2017)第 149277 号

出 版 人：朱寒冬　　　　　　　出版统筹：周　康　李　芳

责任编辑：李　芳　　　　　　　装帧设计：徐　睿
....
出版发行：时代出版传媒股份有限公司　www.press-mart.com

　　　　　安徽文艺出版社　www.awpub.com

地　　　址：合肥市翡翠路 1118 号　邮政编码：230071

营 销 部：(0551)63533889

印　　　制：济南市莱芜凤城印务有限公司
....
开本：880×1230　1/32　印张：6.875　字数：150 千字

版次：2018 年 1 月第 1 版　2020 年 6 月第 2 次印刷

定价：28.00 元
....

总　序

青少年朋友们，大家好！

安徽文艺出版社为了配合"一带一路"倡议的实施，决定出版一套《神奇的丝路民间故事》丛书，并邀请我担任这套丛书的主编，这使我激动不已。一方面是因为我年逾古稀还有机会为"一带一路"倡议的实施贡献出自己的一份力量，另一方面是因为我能为祖国的未来——青少年朋友的成长做一件有益的事情。为此，我毅然决定接受邀请，出任该套丛书的主编。

2013 年，习近平主席在访问哈萨克斯坦和印度尼西亚期间，先后提出共同建设"丝绸之路经济带"和"21 世纪海上丝绸之路"的倡议。这一倡议是希望通过政策沟通、设施联通、贸易畅通、资金融通、民心相通，使沿线国家乃至世界各国能够共享我国改革开放经济发展的成果，是一项共商、共建、共享的战略设计。截至目前，已经有 100 多个国家和国际组织参加到"一带一路"建设中来，纷纷将本国的发展计划与"一带一路"建设计划对接。

安徽文艺出版社策划出版的《神奇的丝路民间故事》丛书正是在这种形势下应运而生。它的问世是落实"一带一路"倡议的需求,是我国与"一带一路"沿线国家人民实现民心相通的需求。它的出版,必将有助于我国与"一带一路"沿线国家人民加深了解、增强互信。

《神奇的丝路民间故事》丛书包括丝路沿线的俄罗斯、匈牙利、印度尼西亚、泰国、缅甸、越南、柬埔寨、老挝、菲律宾、马来西亚、伊朗、巴基斯坦等国家的民间故事。这些国家的民间故事情节动人,形象逼真,寓意深刻,有益于青少年的成长。

青少年是国家的未来,是祖国的希望,是建设国家的栋梁,肩负着实现中国梦的重任,任重而道远,只有多读书,读好书,增加知识,增长才干,才能不负众望,才能不辱使命,为实现中华民族伟大复兴的中国梦而贡献力量。

安徽文艺出版社编辑出版的《神奇的丝路民间故事》丛书恰逢其时,值得青少年朋友一读。

姜永仁

于北京大学博雅德园寓所

2017 年 10 月

前　言

　　俄罗斯位于欧亚大陆北部,地跨东欧北亚的大部分土地,是世界上地域最辽阔、面积最广大的国家。

　　作为横跨欧亚大陆的世界大国,俄罗斯是推进"一带一路"建设不可或缺的沿线国家,也是"一带一路"建设的积极响应者和参与者。俄罗斯积极响应中国的"一带一路"倡议,在"一带一路"建设和欧亚经济联盟建设对接合作的大背景下,中俄合作前景值得期待,中俄文化交流还会一如既往地得到继续和深入发展。

　　俄罗斯有100多个民族,其中俄罗斯族占总人口83%,一些主要少数民族还有自己的语言和文字。俄罗斯民间故事在其文学艺术当中独树一帜,犹如一串串璀璨的明珠,今天已经成为俄罗斯文化中极其丰富的宝藏。

　　俄罗斯民间故事可大致分为三类:与神话传说密切相关的魔幻故事、与历史变迁相关的生活故事和带有寓言性质的动物故事。

　　与神话传说密切相关的魔幻故事,大都反映人们希望借助各种神怪精灵的超自然力战胜人间黑暗势力的良好愿望,在主人公身上集中体现着人们追求真善美的理想。这类故事以其丰富的想象力来吸引读者,故事中的人可以将生活中不能企及的梦想变为活生生的现实。

与历史变迁相关的生活故事一般没有神怪精灵的出现,通过叙事表达人生的哲理和渲染理性的光辉。主人公凭借发挥自己机智、聪颖的才干,利用对手的鲁钝与昏庸,战而胜之。

带有寓言性质的动物故事一般都比较简练,里面除介绍飞禽走兽生活习性的知识外,还反映俄罗斯各地的风土人情,通过叙述故事借物喻事,阐述各种人生哲理,具有丰富的思想内涵。

"一带一路"不仅是经济带,更是情感的、文化的纽带。我们要充分挖掘历史上留下的文化交流的佳话,但愿这本书能成为"一带一路"上绽放的一朵小花。

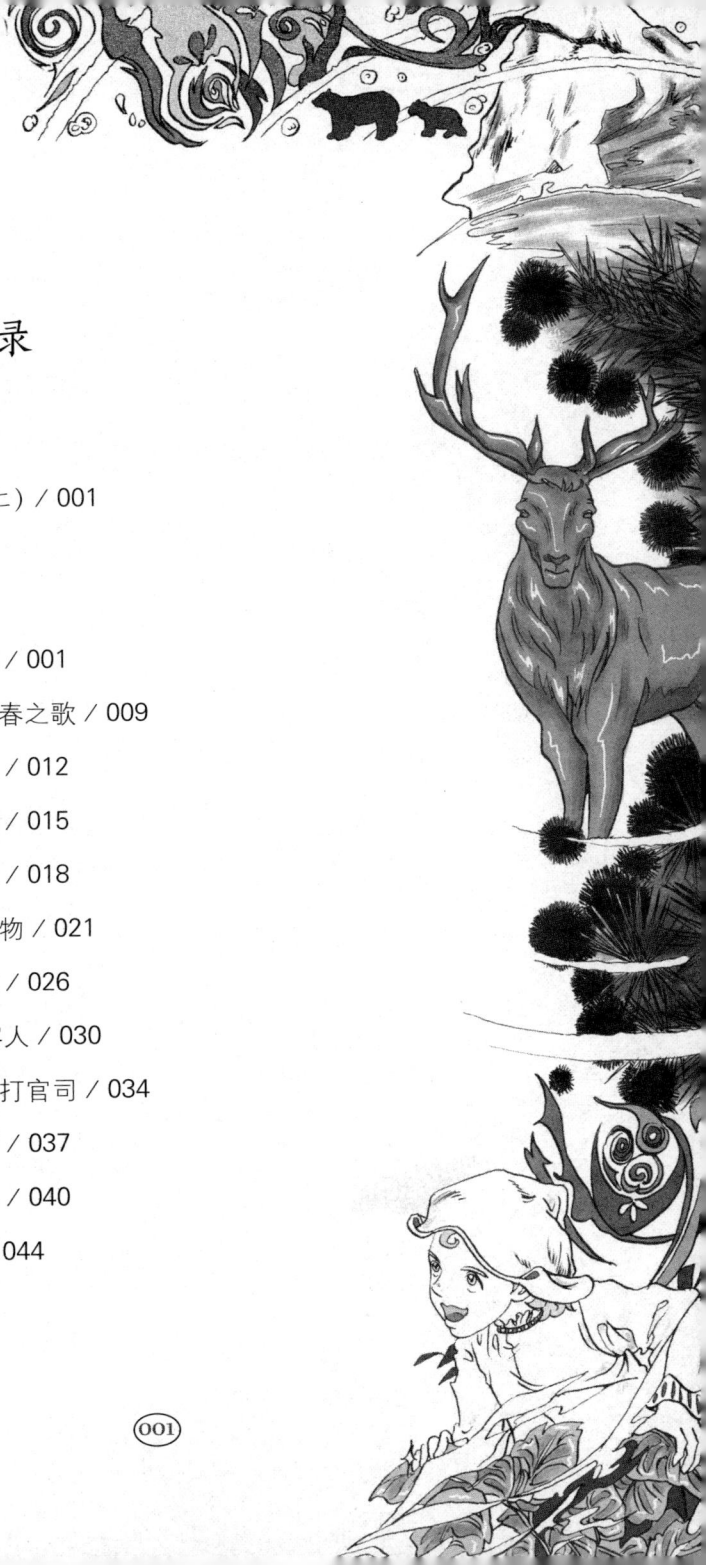

目　　录

潜鸟的故事

据老人们说,从前没有陆地,所有的飞禽走兽都栖居在一块特大的冰上。这块冰在大海里漂来漂去,谁也说不出它将漂向何方。大家都在无忧无虑地打发日子,又是唱,又是跳,什么也不想知道,也不爱去往坏处想。但是冰块在一天天融化、破碎,最后到了野兽们要被海水吞没的一天。

这时,年纪最大又最精明的熊爷爷把冰块上的所有居民召集到一起,对他们说:"咱们到底还是要被淹死了。"

"是快要淹死了。"众鸟兽表示同感,"因为冰块已经很小了。"

"也许还能对付过去吧?"鹿兄弟问,"因为到现在咱们也还是好好的嘛。来,咱们最好还是尽情地跳舞吧!"

"跳够了!"熊爷爷说,"得采取求生措施。"

"是得采取求生措施!"全体飞禽与走兽一致赞成。

"但采取些什么措施呢?"熊爷爷用爪子托住腮帮问。

小鼠彼斯特鲁什卡尖声尖气地说:"冰块上要是没有大兽,我们这些小兽完全可以无忧无虑地再待上好些日子!"

"你快说该采取些什么措施吧!"熊爷爷说,"我听不懂你这是什么意思。"

"我是说,要是你们这些大兽走开,那我们这些小兽还可以无忧无虑地待上好长时间。"

"那我们这些上年纪的该上哪儿去?"熊爷爷感到莫名其妙。

"自己看着办吧。"小鼠一声尖叫,"又不是小孩子。"

熊爷爷气坏了,据说差点儿哭出来。

"好吧。我可以淹死,"他说,"要是这样能救大伙儿的话。"

"不!"北极狐兄弟吠起来,因为他非常喜欢熊爷爷,"今天熊爷爷淹死,明天就该轮到你这只傻老鼠了! 你们看,冰块在一天天变小,得想出些别的办法来才行!"

然而谁也不知道该怎么办好。

这时熊爷爷又说:"很可能海水下面有些什么硬家伙,最好能下去取上一些来粘成不化的东西。"

"对,对!"飞禽与走兽们齐声喊,"只是咱们得给那'不化的东西'想出个名字来。"

"是啊,没有名字不行。"精明的熊爷爷表示赞同,"咱们就暂时叫它'土'吧,怎么样?"

"对,对!"大家欣喜无比。他们还不知道要想把土取上来有多难。

"咱们怎么去取呢?"熊爷爷陷入了沉思。

"我知道!"雪鸥叽叽喳喳地叫上几声。他摇摇尾巴,擦擦喙,等候大伙儿安静下来。"得去求求太阳!请他把海水晒干,土就露出来了。"

"乌拉!"飞禽与走兽们齐声高喊,"对极了!"

"太阳暖洋洋的!"雪鸥尖声尖气地吱吱叫着,"我非常喜欢太阳!"

"我也喜欢,我也喜欢!"众鸟兽齐声高喊,"我们都喜欢太阳!"

于是他们去求太阳。

太阳听完鸟兽们的请求,便驾着五彩金光,慢腾腾地向他们走来。

熊爷爷彬彬有礼地向他表示问候,说:"太阳兄弟,请您救救我们吧。冰块已经很小了,您要是不太为难的话,请快去把海水晒干,好给我们土。"

"我很快就去把海水晒干,"太阳回答,"只是我还得再靠近一些……"

可是,当太阳靠近以后,冰块化得更快了,坐在边上无所事事瞎晃腿的狼大叔一下子掉进海水里,发出一阵嗥叫。据说,正是从那时起,狼便养成了习惯,一有情况就大声嗥。

"哎呀,您走吧,您快走,请您走开好了!"众鸟兽异口同声地喊道,"您这是在害我们啊!"

"我马上就走。"太阳满肚子委屈,"你们这些娇生惯养、又蠢又胆小的家伙!真是一点儿苦也吃不了!"

这时狼大叔费了好大劲才爬上冰块,全身发抖。

"哎呀,水实在是太凉了!"他全身哆嗦不止地说。

"咱们现在该怎么办?"熊问。

"得、得去请、请风来!"狼大叔冻得直发抖地说,"叫他来把海水刮走,土就露出来了。风不会把冰块吹化的。"

"对,对!"众鸟兽齐声说,他们去请风来帮忙。

"我去、去!"风号道,"我去把海水赶跑!"

顿时海上掀起了大浪,可是冰块发出噼噼啪啪的破裂声,海水一阵阵涌来。

"哎呀,您走吧,您快走,请您走开好了!"众鸟兽异口同声地喊道,"我们宁愿待在冰块上吓得浑身发抖,也比淹死强!"

"你们反正也得淹死!"风号道,"因为你们一个个都是那么娇生惯养,又胆小又愚蠢。"

说完,风满天追赶乌云去了。

"太阳和风都无能为力。"熊爷爷闷闷不乐。

"白请他们了!"狼大叔哭声哭气地直抱怨,"他们只会帮倒忙!这一来冰块更小了!"

这时鸟兽们互相挤着待在已经变得很小的冰块上,不知如何是好。

"我就说过,"小鼠彼斯特鲁什卡吱吱叫道,"最好让所有的大兽跟太阳和风一起滚蛋!"

"你要是再叫,"北极狐兄弟说,"小心我把你吃了!"

那个时候还没听说有谁吃过谁的先例,谁也不知道那是怎么回事。

"哎呀呀,太糟糕了,太糟糕了,太糟糕了!"狼大叔大嗥起来。

"光哭顶个屁用。"熊爷爷说,"要是太阳和风都办不到,咱们自己下去把土取上来好了。谁下水? 谁勇敢?"

"哎哟哟!"狼大叔大声哭诉,"我是很勇敢,不过我已经下过水了。"

"好吧,"熊爷爷说,"我下去。"

说完,他潜入海浪之中。

大半天都没见他出来。

一直紧随其左右的北极狐兄弟甚至哭了。

突然一阵浪花过去,水面上露出熊爷爷的脑袋。

"没取到。"他又打喷嚏又吐唾沫,说,"很可能是什么土也没有,看来咱们是白想出了这个名字。"

可怜的鸟兽们一个个流下伤心的泪水。这是明摆着的事,谁又愿意去死呢!

"难道太阳和风都说对了?"熊爷爷咆哮起来,"咱们是太娇生惯养和贪生怕死?"

"不,咱们并不娇生惯养,也不贪生怕死!"这时,鸟兽群中不知是谁咯咯地叫上两声。

"那么你们当中谁是不怕死的硬汉?"熊爷爷问,"请站出来呀!"

"我!"一只小小的灰色潜鸟从那些大兽身后探出头来。

"是你?"众鸟兽大为惊愕。这只小鸟居然如此厚颜无耻,引起他们一阵骚动,冰块都差点儿给弄翻了。

"你是不是想说,你比太阳还厉害?"雪鸥叽叽喳喳地叫上几声。

"也许你比风还厉害?"狼大叔一声吼,也不知是因为冷,还是因为气愤不过,只见他上牙直打下牙。据说,狼就是从那时候起落下了这个毛病,一有事便上牙打下牙。

"也许你比我还厉害吧?"熊爷爷向来都是以沉着和通达著称,这次也憋不住吼了起来。

"你比熊爷爷还厉害?"北极狐兄弟气不打一处来,"你呀,一只灰不溜丢的大傻鸟! 你还比谁都厉害! 你就待着吱吱地叫唤吧!"说完,他还拖了拖潜鸟的小尾巴。

小小的灰色潜鸟走到冰块边上,一声不响地潜入海水里。

大半天也没见他出来。

太阳躲了起来,风平息了。四周围显得相当平静,海浪也不再喧腾。

鸟兽们不时望望映着他们脸孔的海水，都害怕动上一动，担心弄翻了冰块。

"怕是淹死了吧?"熊爷爷叹了口气。

"大概是水压太高把他挤死了。"狼大叔表示赞同。

"他虽说小,但很勇敢,"雪鸥吱吱叫,"我真不该这么气呼呼地冲他嚷!"

"是啊,我也不该拗他的尾巴。"北极狐兄弟叹了口气,"他要是没淹死,我以后再也不拗他的尾巴了。"

光滑如镜的海面上先冒出几个水泡,然后是血。

"挤死了,"狼大叔叹了口气,"这可真是太糟糕了!"

不过且慢。就在刚才冒出水泡的地方,突然露出了那只小小的灰色潜鸟。他像个漂子在水面上漂来荡去,嘴里衔着一小块带草的土。血顺着脖子流淌,不过谁也没看出这一点。

"乌拉! 乌拉!"众鸟兽齐声高呼,"有土!"

潜鸟把那块宝贵的土放在冰块上,说:"不过这还很少,还得再潜下去。"

说完,他又潜入水下,再次把土衔上来。其他所有的飞禽与走兽用他弄上来的土粘成一个大土块。这可是个艰苦的工程。你们要是不信,不妨去试试好了。

鸟兽们终于得救了。北极狐这时才发现潜鸟脖子上的血,那是潜得太深的缘故。他想用爪子洗去潜鸟脖子上的血,但无济于事,红印怎么也洗不掉。据老人们说,就是从这个时候起,人们开始把小小的灰色潜鸟叫作红嗉子潜鸟。而且他的所有子孙生下来也是脖子上带着红印。这样一来,所有的飞禽与走兽,后来是人,听说这个故事以后,达成一致协议:任何时候也不许欺侮红嗉子潜鸟,所以直到今天他没有一个敌人。他可以任意飞、任意游,谁也不去惊动他。

从土块粘成的那天起,小鼠彼斯特鲁什卡的日子便不好过了。无论是狼还是狐狸,抑或白鼬,尤其是北极狐,大家都想把他逮到手。这还不算! 就是光吃地衣和草的鹿,只要碰到小鼠,也不会放过他。

熊爷爷从那时起一直住在冰天雪地里。他全身变得雪白,成了一头白熊。据说他见了潜鸟也怪难为情的,因为他朝潜鸟吼过。不管怎么说,潜鸟到底是真正的英雄。他这个英雄无论是比太阳,还是比风,甚至比熊爷爷都有能耐。

熊爷爷现在孤身一人住在浮冰群上,只有北极狐兄弟没忘了他。北极狐到处跟着他,就捡他吃剩下的东西果腹。北极狐的饭量本来就不大嘛!

小山雀唱起春之歌

很早很早以前,所有的飞鸟都栖息在南方,所以春天里阿尔泰一带也只有溪流在欢歌。

一次,北方送来了河水的春歌,引起了众鸟的一阵骚动:"是谁不分白天黑夜地在那边唱歌?是谁在那边啼啭?阿尔泰那边有什么开心事?又有什么好事降临那里?"

但是,要想飞到那人所不知的地方去,谁也没这个胆量。

金雕动员过椋鸟、鸫和布谷鸟,但都枉然。足智多谋的猫头鹰、娇生惯养的苍头燕雀、灰雁和凶猛的鹞鹰也不愿前往。就是气度高贵的隼也下不了上路的决心。

只有小山雀有这个胆量。

"喂,"金雕追着他喊道,"要是那边好,就快回来,给所有的鸟带路!"

"啾——啾,啾——啾!"小山雀啁啾道,"我——一定——回来,我——一定——回来!啾——啾!"说着,他飞远了。

他飞过大海和谷地,飞过森林和河流。一开始他还尽量飞快一些,不停地扇动翅膀,后来速度就越来越慢了……肚皮冻僵了,翅膀已经乏力……最后等到飞不动的时候,他看见了阿尔泰起伏的群山。在初升旭日的照耀下,整个阿尔泰山峦金光万丈,覆盖着冰雪的丘陵和谷地像燃着一团团火。

"啊,多大的一堆火呀!"小山雀说,"宁可让火烤焦,也比冻死强……"

他收起翅膀,落了下去。不过不是落在火里,而是落在雪地上。

"吱——吱——吱……"小山雀一阵尖叫,"在这雪地上我可要冻死了……"

然而,这时他在一棵光秃秃的树枝上看到个小裂缝,里面有只小虫。旁边,有只小毛虫裹在多层的丝网里睡得正香。

小山雀啄了一下,又一下。他一时心花怒放,肚皮暖和过来,脑袋也不再那么沉甸甸的了。

他忘了飞来这里的使命,忘了是谁派他到这片丰饶的土地上来的,连生养他的地方也被他抛到了九霄云外。

突然,一阵大风把树刮得东倒西歪,天空被鸟翅遮得乌黑一片,这是鸟类大军飞临阿尔泰。

飞在最前面的是那只金雕。

小山雀如梦初醒,一下子吓得魂儿都没有了。这时金雕已经在他上空盘旋,大声责问:"你为什么不回去找我们? 为什么不回去把所有的鸟兄弟都带到这片丰饶的土地上来?"

小山雀耷拉下脑袋,连尾巴也不再抖动,他不知道该怎样才能证明自己是无辜的。

森林里寂然无声,小山雀听见了第一批滴水的滴答声。他一抖身子,猛然醒悟过来,说:"我向您鞠躬了,伟大的金雕! 这带地方冰有山厚,连连下着鹅毛大雪。我一个人在这里跟冬天斗,呼唤着春天:'迪——凯! 迪——凯! 春天,快来吧! 春天快来吧!'正是在我的请求下,才吹起了暖风,白雪开始发乌变黑。我自己本打算启程去叫你们,但没工夫,一直在'迪——凯! 迪——凯! 春天,快来吧! 春天快来吧!'地叫个不停。啾——啾! 啾——啾! 吱——吱——吱! 您听吧,听吧! 伟大的金雕,您看吧,看吧! 迪——凯! 迪——凯!"小山雀在啼啭,"春天啊,你快来吧!"

果然,凡是小山雀的歌声所到之处,冰雪在融化,溪流在苏醒,树木开始绽出新芽。

"好吧,"金雕笑笑,"算你运气好,这次饶了你。明年咱们就该得到证实,看你说的是不是真话。"

就从那时起,为了让骗局不被戳穿,小山雀在森林里总是最早唱起春之歌。

慢性子乌龟

乌龟大婶打算烙馅饼，才想起家里没有酵母。

"老头子，快醒醒，你也睡得差不多了！快起来，到隔壁母兔那里跑一趟，讨些酵母回来。"

乌龟大叔蒙眬中埋怨了几句，微微睁开还没睡醒的眼睛，不高兴地问道："你要干什么？"

"我说，你快跑到母兔那里去讨些酵母回来……"

"我这辈子还从没跑过，走倒是可以。"乌龟大叔嘟囔着说。

他坐起来，想了想，挠一阵腰，哼哼着小心翼翼地爬下炕。

"你快一点呀，我的老祖宗！"乌龟大婶催促着说。

"急什么嘛！俗话说：'忙中易出错，招人笑断肠。'"

等他爬下炕，穿好毡靴，披上无领上衣和戴好帽子，一个星期过去了。

"你还在那里磨蹭什么呀！快走吧，时间不等人啊！"

"瞧，我不知道把宽腰带放哪儿了，无论如何也找不着。"

"我就知道你会这样!"乌龟大婶大声地说,便和乌龟大叔一同找起了腰带。

而乌龟的忙乱大家都知道是怎么回事:他永远都是这么忙。就在他们找腰带的工夫,一个星期又过去了。

乌龟大叔竖起衣领,把一条腿迈出门,接着又迈另一条……看来这下子他真的动身了。

"你可别耽误,我都已经请客人来吃馅饼了!"

"我知道,我知道……"

"带盛酵母的家伙了吗?"

"唉,都忘光了……你去拿一趟吧,我懒得回去了。"

"这要是兔子,他早转身回去取了!你却像狗熊在蜂场上一样,老待在一个地方不愿动弹。"乌龟大婶把盛酵母的家伙递给他时说。

"兔子有什么了不起!他就会蹦蹦跳跳。我可是个有家产的人,到哪里都得带上自己的家。这你得明白!"

乌龟大叔把盛酵母的家伙抱在怀里,将帽子拉得低低的,便上兔子家去了。

他走了以后,乌龟大婶得意非凡,因为这下子客人可以饱餐一顿烤得焦黄、味道鲜美的白菜、大葱和蘑菇馅的馅饼了!她马上动手准备饼馅。

天黑了,按说乌龟大叔也该回到家了,可还一直不见他的影儿,为此客人们根本没能吃到馅饼。过去一天,又过去一天,还是既弄不来酵母,也不见乌龟大叔的面儿。过去了一年、两年、三年。乌龟大叔消失得无影无踪。

"他上哪儿去了呢?要说路远也就罢了,可这也就几步之遥……"乌龟大婶在想。

四年过去了。

"那我,"乌龟大婶想,"还是到村口去看看吧。"

她披上头巾,向门口走去。一看,乌龟大叔正在大街上匆匆赶路呢,还把用泥钵装的酵母紧紧抱在怀里,免得掉了。

"瞧,终于回来了!"乌龟大婶喜出望外。

不到一个小时,乌龟大叔已经拐进自家院子,走到门口停下来稍事休息。

等缓过气来以后,他开始爬门槛。一条腿顺利地迈了进去,可破毡靴被挂住了,于是他直着身子摔倒在地,脑袋在屋里,两条后腿还在门外。装酵母的家伙被摔得粉碎,酵母流了一地。

"唉,你呀,走得真快!去了七年,还拿不到家!只是白白浪费时间!"

"是啊……"乌龟大叔嘟哝道,"我就告诉过你的嘛,做事急不得,急了要出事。你瞧,这不就出事了!俗话说得好,'忙中易出错,招人笑断肠'啊!"

剽悍的公鸡

从前,有个老太婆养了一只很不听话的公鸡。早上,其他公鸡都在打鸣,他却在睡大觉。夜里,其他公鸡都在睡觉,他却在打鸣。

邻居们都烦透这只公鸡了,纷纷来找女主人说:"你那只公鸡真糟糕!快把他宰了吧,免得他吵得我们睡不成觉,你自己也清静。"

老太婆舍不得宰公鸡,不过邻居们老来找也烦人。于是,她把公鸡送进深山老林,就把他留在那里。

"你走吧,"她说,"给自己再去找个男主人或女主人好了。"

公鸡愉快地哼着歌儿,在树林里走呀,走呀,迎面走来一只兔子。

公鸡问兔子:"喂,大耳朵兔子,你知道森林的主人住在哪儿吗?"

"不知道,"兔子回答,"我自己也找他两天了。"

"那咱们一同走吧。"他俩走呀,走呀,迎面来了一只狐狸。

"狐狸大姐,你知道森林的主人住在哪儿吗?"

"怎么能不知道呢?我当然知道了!他是我的干亲家。"狐狸回答。

"你不会骗我们吧,狐狸大姐?"兔子胆怯地问。

"瞧你说的,兔子!我们狐狸从不骗人。"

公鸡和兔子听了狐狸的话,跟着她一同去找森林的主人。

他们走呀,走呀,最后来到一幢小屋前。

狐狸说:"你们先在这里等一等,我进去叫他出来。"

他俩等呀,等呀,狐狸终于出来大声说:"森林的主人没在家,你们进屋去等等他吧。"

公鸡和兔子一进屋,狐狸马上把门插上,发出一声狞笑,说:"我正愁没午饭呢,谁想午饭自己送上门来了。而且是多么可口、多么令人馋涎欲滴的午餐啊!我好久都没吃过兔肉和鸡肉了。"

兔子开始苦苦哀求狐狸:"你别吃我们吧,狐狸大姐,我们这辈子也忘不了你的大恩大德。"

可狐狸一阵哈哈大笑。她坐上一锅水,等水烧开。

这时公鸡突然一拍翅膀,大声叫道:"救命啊!我们着火了!喔喔喔!着火了!"

狐狸回头一看,公鸡火红的尾巴在夕阳下闪光。她还以为是真的失了火,赶忙跑出屋,一溜烟钻进树林。

"哎哟哟！我们着火了！"她喊道，"我们着火了！大家快来帮忙救火呀！"

公鸡和兔子也在跑，只不过他们跑的是另一个方向。

"我再也不去找森林的主人了。"兔子说，浑身还在颤抖不止。

公鸡也不再想去找森林的主人。这段时间他学乖了，决心回到老太婆那里去，听主人的话，像其他所有的公鸡那样早上打鸣，夜里睡觉。

聪明的鼠兔

在一条清澈的小溪旁有一片沙石地,沙石地上的两块大石头中间有一条缝,缝中住着一只小小的鼠兔。

这只鼠兔同街坊四邻的鼠兔一道,用牙齿咬断草茎,堆起一个大大的草垛。

而在众鼠兔栖止地的上方,住着一只火红色的雌狐狸。

在一个大阴天里,狐狸出来打猎。小鼠兔听见了狐狸小心翼翼的脚步声,嗅到了狐狸的气味,左右转动着脑袋嚷道:"噫!噫!狐狸来了!"

众鼠兔哧溜一下子钻进缝中、洞里,沙石地上只剩下一个干草垛。

狐狸嗅嗅草垛,几乎要哭出声来:"狐狸中还没有吃过干草的呢,莫非得由我来开这个头?"

她扯出一束干草,嚼上两口,却咽不下去,还擦伤了舌头,弄得喉咙直痒痒。

"全怪这只鼠兔!"狐狸生气了,"你等着吧! 我要吃掉你,吃掉你的全家。"

接着,狐狸走到两块大石头中间的那条窄缝前,开始尖声尖气地说道:"嗷——嗷,这里住着一个好勤快的主人,你看他草割得有多齐整,还晒得干干的,这个草垛也堆得十分地道! 这一带就找不出第二个堆得这么好的干草垛,看来就连人也得向这只鼠兔学习才是。这么聪明的鼠兔,就是看上一眼也算是有福气了!"

鼠兔听了这一番恭维,在石头缝中躺不下去了,开始辗转反侧,甚至唉声叹气。

狐狸还在谄媚地说:"莫非我这辈子就见不着这位麻利的小伙子了? 唉,要是能跟他聊聊,那该有多舒心啊……"

鼠兔终于憋不住了,把小脑袋探出来。

"嘻——嘻——嘻,"狐狸笑笑,"他的脸蛋儿有多漂亮! 要是再能瞧瞧他的背就好了,都说他的背更漂亮。"

鼠兔藏起脑袋,把背拱了出去。

狐狸立马一把把他抓住,鼠兔想叫也来不及了。

狐狸叼住鼠兔急匆匆地向山里赶去,要去喂她的小崽。鼠兔被狐狸死死地咬住。

可怜的鼠兔边哭边喊道:"唉,我不幸的父亲,可怜的母亲哟……"

一只喜鹊听见这一声声哭号,立马敞开镶白边的黑色大氅,紧追着狐狸跑去,嘴里还连珠似的说个不停:"你呀,鼠兔,是自己跑到狐狸嘴里去的,那现在还哭什么呢?"

"我怎么能不哭,怎么能不掉泪? 父母亲总是对我千叮咛万嘱咐:'孩子,你千万不要丢下我们。无论你上哪里去,都要带上我们啊。'可现在你看,喜鹊,我自己到山里去,却把父母扔在家里,为此他们不会原谅我的,会一辈子都生我的气。"

狐狸停下来,依旧是咬住鼠兔嘟哝道:"我可以把你的父母也带上,他们在哪儿呢?"

"不远,就在那一堆石头中间。"

"你快去叫他们来!"狐狸说着,松开了嘴。

"噫! 噫!"鼠兔发出一阵尖叫,一头钻进石头缝中。

狐狸这时才如梦初醒,扑上去咬住鼠兔的尾巴,死死地咬住不放。

但是,鼠兔也死死地待在石头缝中,就是不出来。

狐狸一直拉着鼠兔的尾巴,拉呀,拉呀,拉不出来。只见她用尽全力一拽,自己却来了个倒栽葱,后脑勺碰到石头上,好不容易才站了起来,一看,嘴里只剩下鼠兔的尾巴。

就从那天起,狐狸的脸拉长了,而鼠兔没有了尾巴。

熊瞎子的礼物

    棕熊整整一冬都在自己的洞里冬眠。等小山雀唱起了春之歌,他醒过来了,走出黑咕隆咚的窝,用一只爪子挡住太阳光,打了个喷嚏,瞧了瞧自己,说:"唉,真他妈的,我瘦多了……整个漫长的冬天我一口东西也没吃啊……"

    他最爱吃的食物是松子。他那棵心爱的雪松就耸立在洞口边。这是棵粗大的雪松,有六抱那么粗。树上枝叶繁茂,针叶柔软光滑,融雪时水都滴不下来。

    熊身子立起来,两只前爪抱住松枝,一颗松球也没见着,于是把爪子放下。

    "唉,真他妈的!"熊吓坏了,"我这是怎么了? 腰间像绑了个秤砣,爪子也不听使唤……是上年纪了,还是身子饿垮了? 现在我该用什么来填饱肚皮呢?"

    熊走过茂密的森林,蹚过湍急的浅滩,经过沙石地,在开始融化的雪地上走着。

都已经来到林边，还是没找到吃的。下一步该往哪里走呢？熊心里也没数。

突然他听见："吱——吱！吱——吱！"这是小花鼠被熊吓惊了，发出一阵尖叫。

熊本想抬腿朝前走，可抬起一只爪子后就这样一动不动地站住了。

"唉，真他妈的，我怎么把花鼠给忘了呢？花鼠特别勤快，他总是一下子就积下三年的松子。等一等，等一等！"熊自言自语，"得去找到他的洞，他的粮仓里就是春天也堆满了粮食。"

说着，熊开始在地上嗅来嗅去……终于找到了！花鼠的住家就在跟前。可洞口太小，他连爪子也伸不进去。

一只老熊，要想用爪子刨开这冻土谈何容易？再加上还有硬如铁块的树根。用熊掌去扯断树根吗？不，扯不断的。用牙咬吗？不，也咬不断的。熊抡起爪子来一拨，一棵松树倒地，树根自个儿从地里脱将出来。

听见这一响动，花鼠吓傻了，心脏都像快蹦了出来。他用前爪捂住嘴，眼泪哗哗地向外涌，心里在一个劲儿地埋怨自己："我干吗要叫那么几声？干吗现在还想叫得更响呢？我的嘴啊，快闭上吧！"

花鼠几下在洞底刨了个小坑，钻到坑里，连大气都不敢出。

这时，熊已把粗大的爪子伸进花鼠的粮仓里，抓起一大把松子,大嚼大啖起来。

"唉,真他妈的!我就说过的嘛,花鼠可是个称职的当家人。"熊激动得唏嘘泪下,"看来我命不该死,还得在这个世上且活一段时间哩……"他又把爪子伸进粮仓,里面的松子塞得满满当当。

他吃了一阵,摸摸肚皮,说:"我的瘪肚皮已经填满,我的毛色已经油光闪亮,爪子已经有了力气。等再吃上一会儿,我就会变得更加强壮。"

结果,熊吃得过饱,都站不住了。

"哎哟,哎哟……"

熊一屁股坐在地上,陷入了沉思:"得谢谢这位好储存的主人,看来得给他留下个东西做纪念才好。"

熊搔了搔后脑勺:"唉,我从洞里出来的时候,可什么东西也没带。烟斗、烟荷包、小刀都放在家里了。就连一小把盐也没带在身边。唉,真他妈的,现在该怎么办呢?……好吧,哪怕对他说上一声'谢谢'也好。"熊主意已定,"不过他又在哪儿?"

"喂,主人,您哪怕答应一声呀!"

可花鼠把嘴闭得更紧。

"吃掉别人家储存起来的粮食,都不向别人道声谢,我往后怎么有脸在森林里混下去呀!"熊想。

熊往小坑里看了一眼,看见一条花鼠尾巴。

"啊,真他妈的,"熊喜不自胜,"主人原来在家呀!谢谢您了,小家伙！我向您致谢，亲爱的！愿您的谷仓老是那么满满当当，愿您的胃老也不会饿得咕咕叫……让我搂搂您吧，亲亲热热地抱一抱。"

花鼠不会说熊话，他听不懂熊在说些什么。当他在头顶上方看见一只大利爪时，他按花鼠的方式失声叫了起来："吱——吱！吱——吱！"接着哧溜一下钻出坑去。不过熊抓住了他，用爪子攥住送到胸前，又说起了熊话："谢谢您了，小兄弟。您让我这个饿汉吃饱了肚皮，让心力交瘁的我得到了休息。愿您身体永远是那么健康，永远住在这棵年年丰产的雪松树下，愿您的儿子、孙子，还有重孙子永远不受饥饿之苦……"

"哎哟，好可怕的声音呀！"花鼠吓得直哆嗦，"哎哟，这吼声多吓人呀！"他想挣脱跑掉，拼命用爪子去挠粗糙的熊掌，可是熊掌并不知道痒。

熊还在不停地给花鼠唱赞歌："我大声地向您道谢，上千次地向您致谢，您哪怕也看我一眼呀……"

花鼠一声不响。

"唉，真他妈的！您是在哪座林子里长大的？是在哪个树墩上受的教育？人家向您道谢，您却屁都不放一个，都不看向您致谢的人一眼。您哪怕笑一笑也行啊！"

熊耷拉下脑袋，不再作声，一心在等待对方回话。

花鼠却在思忖："他吼过了，现在该吃我了。"

于是,花鼠使出全身的气力一挣,终于从熊掌中挣脱出去!

熊爪子上五个黑黑的指甲就这样在花鼠背上留下了五道黑黑的条纹。就从那时起,花鼠穿上花皮袄,这是熊瞎子送给他的礼物。

伤心的马鹿

一只火红色的狐狸从绿茵如盖的丘岗上来到万木葱茏、古木参天的森林,还来不及为自己挖好洞,森林里的事对它就已经不再是秘密:熊已经老不中用了。

于是他满森林里去哭诉道:"哎——呀——呀,真是倒大霉啊!我们的头领棕熊没几天活头了。他的金黄色大衣已经褪色,尖牙利齿已经变钝,爪子也不像原先那么有力。快呀,咱们快来集合,大家来议一议,看森林里谁最聪明,谁最漂亮,咱们就给他唱赞歌,推举他登上熊的王位。"

在九座大山的山脚下,有九条江河在这里交汇,一道湍急的山泉上方耸立着一棵枝叶繁茂的雪松。这座森林里的兽类现在就是会聚在这棵雪松树下,互相显摆自己的大衣,夸耀自己如何聪明、如何有力气、如何漂亮。

熊老头也来了,说:"你们在吵什么?都在争些什么呢?"

众野兽立刻安静下来。只有狐狸仰起尖尖的嘴脸,尖声尖气地叫道："啊,尊敬的熊,祝您万寿无疆,永远健康! 我们在这里争得不可开交,不过谁是谁非还得您说了算:我们当中到底谁最值得尊敬,谁最漂亮?"

"每个人都有自己的长处。"熊老头嘟哝道。

"是呀,英明的熊,不过我们还是想听听您的意见。您只要指出来,我们就给他唱赞歌,让他登上王位。"

说着,狐狸抖开自己火红色的尾巴,用舌头去修饰金黄色的毛,抿平白花花的胸部。

可就在这个时候,众野兽突然看见从远方跑来的马鹿。只见他那四只强劲有力的细腿从山巅上飞跃而过,多叉的犄角在天穹上留下一道划痕。

狐狸还未从惊愕中回过神来,马鹿已经来到跟前。

马鹿虽说跑得很快,但他又平又光的毛并未出汗,细长的肋骨依然动作如初,鼓鼓的血管里流的是温乎乎的血,心脏的跳动还是那么平缓,一双大眼,目光平和而安详。他用粉红色的舌头舔舔褐色的嘴唇,露出雪白的牙齿,展颜一笑。

熊老头慢腾腾地站起身,打了一个喷嚏,将爪子伸向马鹿,说:"他才是最漂亮的哩!"

狐狸妒火中烧,咬了自己的尾巴一口。

"气度高贵的马鹿,您过得还好吗?"狐狸问,"您那四只修长的腿看来很累了吧? 宽大的胸膛也憋得挺难受的吧? 小个子的松鼠赶在您前边了,罗圈腿的狼獾早已来到这里,就连走路慢条斯理的狗獾也比您早到了。"

马鹿低下犄角分叉的头颅,毛茸茸的胸膛微微颤动,慢声慢气地说:"尊敬的狐狸!松鼠住在这棵雪松上,狼獾就在邻近的一棵树上睡觉,狗獾的家就在这座小丘下面,而我是翻过了九山九岭,蹚过了九条河流……"

马鹿抬起头。只见他的耳朵像绚丽的花瓣,长着薄薄一层绒毛的犄角像灌满五月蜜般晶莹剔透。

"你在唠叨些什么呀,狐狸?"熊老头颇不高兴,"莫非是你自己想当头领?"

熊老头把狐狸扔得远远的,看了马鹿一眼,说:"气度高贵的马鹿,请您坐上王座吧。"

可狐狸又跑了过来:"哈——哈——哈!居然想推棕色的马鹿当森林之王,要给他唱赞歌哩。哈——哈——哈!他现在倒是还看得过去,可到冬天你们再看看他吧:头上的犄角不见了,脖子细长,身上的毛一绺一绺的,走路躬着身子,风一吹就东倒西歪。"

马鹿无言以对。他看了众兽一眼,他们也悄然无语。

就连熊老头也想不起来一到春天马鹿又会长出新的犄角,每年他的角上都会长出一个新叉,就这样年复一年地分叉越来越多,所以马鹿是越上年纪越显得精神。

马鹿伤心极了,眼眶里流出灼热的泪水,以致把脸颊烧得露出了白骨,连骨头也烧弯了。

所以,现在马鹿的眼睛下方都有两个深窝。不过,这样一来他们反倒显得更加英俊,不仅野兽,就连人都说他们长得美。

"可怕"的客人

从前有一只狗獾。他白天在家睡觉,夜间出去觅食。有一次,他夜里出去找吃的,肚皮还没填饱,天就亮了。

狗獾得赶在太阳出来之前赶回自己的洞里。他躲开人和狗,专挑阴暗处和黑土多的地方急急忙忙赶路。

狗獾来到洞口。

"呼噜……呼噜……"突然他听到一种莫名其妙的声音。

"这是怎么回事?"

狗獾一下子睡意全无,身上的毛多起来,心脏都快蹦出来了。

"我还从来没听到过这种声音……"

"呼噜……呼噜……"

"我还是回到森林中去吧,去叫上那些和我一样有利爪的动物,我可不能一人在这里替大伙儿去死。"

狗獾这么想着,跑去找那些有利爪的野兽来帮忙:"哎哟,我的洞里有个可怕的敌人! 你们快去帮帮我的忙吧! 救救我的命哟！……"

众兽赶来了，都把耳朵贴在地上。在那声音的作用下，地都在抖动呢。

"呼噜……呼噜……"

所有的野兽身上的毛都乍起来，只听见他们说："狗獾，这是你的家，你第一个进去吧。"

狗獾转过身。那些有着利爪的大兽都围着他站着，催他："进去吧，进去吧！"

可是他们一个个都吓得夹紧了尾巴。

"怎么办呢？"狗獾想，"该怎么办呀？"

"你干吗不动？"狼一声大吼。

狗獾在万般无奈之下战战兢兢地向主洞口走去。

"呼噜！"里面的声音像炸雷。

狗獾往旁边一跳，晃晃悠悠地向另一个洞口赶去。

"呼噜！"

从八个备用洞口都传出同样的声响。

狗獾着手刨第九个通道。要毁掉自己的家真心疼，可又有什么办法？——阿尔泰一带的所有猛兽都集聚到这里来了。

"快刨呀！快刨呀！"他们在一个劲儿催狗獾。

终于，狗獾吓得半死不活地钻到自己那张高高的床前。

"呼噜……呼噜……"

原来,这是一只小白兔躺在松软的床上打呼噜哩。

众兽笑得前仰后合,在地上直打滚:"原来是只兔子! 狗獾让兔子给吓坏了!"

"哈——哈——哈! 哈——哈——哈!"

"狗獾,看你羞得往哪里躲吧,居然动员起一支大军来对付一只兔子!"

"哈——哈——哈! 哈——哈——哈!"

狗獾头也不抬,暗自骂自己:"听见家里有响声后,我干吗不进去看一看呢? 干吗要去惊动整个阿尔泰呀?"

然而这时兔子还在打他的呼噜。

狗獾火了,猛推了他一把,说:"滚! 谁让你在这里睡觉的?"

兔子醒了过来,瞪大了双眼! 他看见床前有狼、狐狸、猞猁、狼獾、野猫……

"好吧,"兔子想,"豁出去了!"

说时迟,那时快,只见他一蹦蹦到狗獾的脑门上,再从狗獾的脑门上往下一蹦,转眼便钻进了灌木林。

兔子的白肚皮把狗獾的脑门蹭得雪白,两只后爪在他的脸上留下两条白道。

众兽笑得更响了:"啊呀呀,狗獾老弟,你现在有多漂亮呀!哈——哈——哈!"

"快到水边去照照吧!"

狗獾摇摇晃晃地向林中之湖走去，在水中看到自己的映象后他哭了起来："我这就去找熊告状。"

他一见到熊就说："熊爷爷，我向您鞠躬了！我来寻求您的庇护。昨夜我没在家，也没请客。可回到家后，一听到屋里传出炸雷般的鼾声，把我吓坏了……我去惊动了众多的野兽，自己把家也给毁了。现在呢，您自己看吧，被兔子的肚皮一蹭，让他的两只爪子一挠，我的脑门和脸也变白了，而肇事者却头也不回地跑了。请您来把这个案子断了吧。"

熊看了一眼狗獾，后退几步后又看了一眼，大声吼道："你还来告状？你的脑袋本来像炭一般黑，现在额头和脸却白得就是人也会眼红三分。可惜的是我当时没站在你那个位置，兔子弄白的不是我的脸。真是太可惜了！"

说完，熊叹了口气，慢条斯理地回自己的洞去了。

从此，狗獾的脑门和脸上就有了白道道。据说，他后来对这些白道道也习以为常了，甚至有时还忘不了吹嘘一通呢："瞧，兔子对我可是够意思的，我们成了永远的好朋友。"

至于兔子都说了些什么，这谁也没听见。

白鼬和兔子打官司

一个冬夜,白鼬出来打猎。他一钻钻到雪堆下面,再钻出来做了个人立姿势,伸长脖子留心听了听,再左右转动脑袋,到处嗅了嗅……

突然,像有一座山压到了他身上。好在白鼬个子虽小,胆子倒挺大。只见他一转过身,用牙朝那座山狠狠咬了一口,好让它别妨碍自己觅食。

"哎哟哟!"只听见一声尖叫,像是哭声,又像是呻吟。接着一只兔子从白鼬背上翻滚下来。

兔子的一只后爪被咬得露出白骨,鲜红的血流到白皑皑的雪地上。兔子发出声嘶力竭的哭号:"哎哟哟!我在躲猫头鹰,一心只顾逃命,不小心跌倒在你背上,可你把我咬得好疼啊……"

"原来是兔子呀,真对不起!请别生气,我也是不小心……"

"我什么也不想听。哎哟哟!……我这辈子都不会原谅你的!我要去找老熊告你!"

太阳还没出来,白鼬便拿到了传票:

马上到我村里来出庭受审!

林中之王　　棕熊

白鼬的心咯噔了一下,细长的身子蜷成一团……他真不想去啊,但要违抗熊的命令非同儿戏。

他战战兢兢地走进熊的住所。

熊坐在法官席上,抽着烟斗,他的右首是小白兔。兔子拄着拐,伸出那条伤腿。

熊抬起毛茸茸的睫毛,用棕黄色的眼睛盯了白鼬一眼,问:"你为什么要咬兔子?"

白鼬像个哑巴,只是动动嘴唇,他实在是说不清楚。

"我……我……我在打猎。"他的声音勉强可闻。

"你在猎谁呀?"

"想捉老鼠,或捉一只夜间出来活动的鸟。"

"对喽,老鼠和鸟是你的食物。那你干吗要咬兔子?"

"是兔子先发制人,是他先跳到我的背上。"

熊转过身去冲兔子大吼一声:"那你为什么要跳到白鼬的背上去?"

小兔子全身颤抖起来,泪如泉涌:"我向您鞠躬了,伟大的熊。

冬天里白鼬的背和雪一样白,我都分不清哪是雪,哪是他的背……所以无意中……"

"我也是无意的呀!"白鼬高声叫道,"冬天里兔子也是一身白,我也分不清哪是雪,哪是他了!"

英明的熊沉思良久。他面前有堆大火在噼噼啪啪地响,火里支着一个铁三脚架,上面坐着一口有七个铜耳子的镀金大锅。熊很爱惜这口锅,他从来没擦过,担心擦去污垢的同时把运气也擦没了,所以这口镀金大锅上有厚厚的一层烟灰。

熊伸出右爪去摸锅,刚一摸着,爪子便变成漆黑的了。他再用这只爪子稍稍去碰了兔子的耳朵一下,兔子的耳朵梢就变黑了。

"瞧,白鼬,这下子你从耳朵也永远不会认错兔子了。"

白鼬没想到案子断得这么好,不禁心花怒放,拔腿就要跑,没想到却让熊抓住了尾巴,这一来白鼬的尾巴也变黑了。

"这样一来呀,兔子,你从尾巴也永远不会认错白鼬了。"

据说,就是打那以后,一直到今天,兔子和白鼬再也不会发生冲突。

猎人与夜莺

从前,有个城市里住着一个猎人。他是个神枪手,每次出猎都没有空手而归的时候,在城里备受人们尊敬。

有一次,他没能弄到猎物,于是心想:"我要是空手回去,人们一定会对我失望的。看来我还得再往远处走一走,说不定会碰到什么东西,空手回去脸都没地方搁。"

他再往前走,突然看见有只夜莺在一棵麦穗上唱着动听的歌。他举枪瞄准。

夜莺也在自己的视野里看见了猎人,吓了一大跳,赶紧收住歌喉,声音颤抖地说:"我的末日到了。喂,猎人,你打算怎么办呢?"

"我要打死你!"猎人回答。

"我知道你是个百发百中的神枪手,所以千方百计避开你常去狩猎的地方。我的个子太小,我的肉都塞不满你的牙缝。你还是别打死我吧,留着我在花间戏耍、唱歌,也好让人们开心。"

猎人说:"喂,夜莺! 你的话也在理,可我打死你不是为了吃肉。我每次回城都不曾空过手,空手回去对我是极大的耻辱。"

夜莺对此答道:"那就请你耐心等一会儿吧,先让我说三句话,等我说完你再打死我也不迟。"

"你说吧,夜莺,我洗耳恭听。"

于是夜莺说:"不可相信的话你千万不要轻易相信。对做过的事不能后悔。不能伸手的地方就不要伸手。"

猎人听完这三句话后把枪放下。他觉得夜莺的话有道理,于是说:"我不打死你了。"

夜莺飞到一棵高高的树上,说:"喂,猎人!我骗了你。其实,死对我来说并不可怕。我肚子里有一颗鹅蛋那么大的宝石,七个皇帝合伙也买不起。我刚才是在想,这颗宝石很可能会落到像你这种冷酷无情的敌人手里。"

猎人再次举枪瞄准,但是夜莺藏在叶簇里,虽说听得见他说话的声音,却看不清他在什么地方。于是猎人把枪扔到一边,抱着树便往上爬。他一只脚踩在一棵细树枝上,树枝折断了。他掉到地上摔了个半死,疼得直哼哼,连声呼叫夜莺:"哎哟,亲爱的夜莺,快来帮帮我的忙呀!"

夜莺从树上飞下来,落到猎人身旁,说:"喂,猎人!任何不幸都有办法去除,就是对你爱莫能助。"

"为什么?"猎人问。

"我对你说过三句话,但你一句也没听进去。我好不容易咽下一颗麦粒,你却相信我肚子里有颗宝石,而且有鹅蛋那么大。我对你说了:对做过的事不能后悔。你给了我一条活命,可我一说起肚子里有颗宝石,你就后悔了。你也忘了我对你说过的第三句话:不能伸手的地方就不要伸手。我落在细小的树枝上,你却要爬上树来捉我。不,我不能帮你这个忙,你这个傻乎乎的猎人。世上所有的人都有办法去除灾难,唯独你不可救药。"

一条好尾巴

从前野兽都没有尾巴，只有兽王狮子有尾巴。

野兽没尾巴日子非常难熬。春天还好过，可一到夏天，苍蝇和蚊子便叫他们不得安生。用什么去赶他们呢?! 大夏天里所有的动物都吃够了牛虻和马蝇的苦。

兽王得知这个情况以后，吩咐众兽都到他那里去领尾巴。

兽王的信使分赴各处去通知众野兽。他们飞的飞，吹号的吹号，击鼓的击鼓，弄得鸡犬不宁。他们看见狼，向他转达了兽王的指令。他们看见公牛、獾，也叫了他们。狐狸、貂、兔子、驼鹿和野猪，也都得到了兽王的指令。

最后就剩下狗熊。信使们花了很长时间找他，末了找到他时，他睡得可香了。他们把他叫醒，叫他赶快到兽王那里去领尾巴。

可是什么时候见狗熊着急过呢？他一步步慢腾腾地走着，还老是向四下里张望，用鼻子嗅着找蜜。一看，椴树上有一个蜜蜂窝。"到兽王那里去的路还远着呢，"他想，"得吃点东西才行。"

狗熊爬上树,看见蜂窝里灌满了蜜。他开始吃起来,吃饱后在一个土岗上躺下来晒太阳,不知不觉进入梦乡。

这时,众野兽都纷纷向兽王那里赶去。首先赶到的是狐狸。他左右看看,瞧见王宫前有一大堆尾巴,有长的,有短的,有光秃秃的,也有毛茸茸的。

狐狸向兽王鞠了一躬,说:"陛下!我是根据您的命令第一个到的。就因为这个原因,请允许我挑选一个我所喜欢的尾巴。"

狮子嘛,给狐狸什么样的尾巴,这对他来说无所谓。

"好吧,"他说,"你自己挑好了。"

狡猾的狐狸在那一大堆尾巴里翻来找去,挑了一条毛又多又长的漂亮尾巴。

第二个到的是松鼠,他也给自己挑了一条很漂亮的尾巴,就是比狐狸的稍小一些罢了。跟在松鼠后面的是貂,他也拿到了一条好尾巴。

马挑了一条全是毛的尾巴,安上后朝右边和左边的身子甩了甩,还算好使。"往后叫马蝇都统统完蛋!"他高兴地长嘶一声,向草地疾跑而去。

兔子最后一个来到。

"你跑哪儿去了?"狮子问,"瞧见没有,就剩下一条小尾巴了。"

"这对我来说足够了!"兔子一蹦三丈高,"小尾巴更容易逃脱狗和狼的追击。"

小兔子给自己安上小尾巴，高高兴兴地跑回家去了。兽王发完了尾巴，也走了。

狗熊一直到傍晚时分才醒过来，他想起得赶到兽王那里去要尾巴。一看，太阳正向森林后边隐去。他快步赶到王宫，可那里既不见了尾巴，也不见了众野兽……

"我现在怎么办？"狗熊想，"大伙儿都有了尾巴，就我没有……"

他转过身，怒气冲冲地大步朝自己所在的森林走去。他走呀，走呀，突然看见一只獾在树墩上直打转儿，只顾欣赏自己的尾巴。

"喂，獾，"狗熊叫他，"你要尾巴有什么用？把它给我吧！"

"狗熊，你说什么呀！"獾觉得很惊讶，"这样漂亮的尾巴难道可以送人？"

"你要不愿给，我就动手抢了。"狗熊一声吼，将他的沉重脚掌按在獾的身上。

"我就不给！……"獾一声大喊，奋力挣脱跑掉。

狗熊一看，獾的小尾巴尖儿留在他的指甲缝里。好吧，他把獾的小尾巴尖儿给自己安上，又去找蜂窝吃蜜了。尾巴是小了点儿，但总算也有尾巴了。

獾吓得六神无主。他不管往哪儿躲，总觉得狗熊就要跑来夺走他那截尾巴根儿。最后他只好在地里刨了个洞，搬到洞里去住。

有一天狐狸打这里路过，一看有个洞穴，里面还鼾声大作。他钻进洞里，看见是獾在里面睡大觉。

"你这是怎么回事呀，獾老兄？是嫌地面上挤？你干吗往地底下钻啊？"狐狸不得其解。

"是啊，狐狸老弟，"獾叹了口气，"你说得对极了，地面上是挤。要不是为了找食，我就是夜里也不出去。"

接着，獾对狐狸说了他不能在地面上待的理由。

"唉，"狐狸想，"獾的尾巴都让狗熊看上了，而我的要比他的强百倍啊……"

于是狐狸跑去找能躲开狗熊的去处。他跑了整整一夜，结果一无所获。到天亮时，他终于刨了个跟獾一样的洞穴，钻进去后用毛茸茸的尾巴把自己裹上，不声不响地睡着了。

就从那时起，獾和狐狸都住在洞穴里，所以狗熊还是没能弄到一条好尾巴。

一 条 老 狗

一条狗为羊倌服务了多年,一直是那么忠心耿耿、一丝不苟。羊倌要围着羊群转一圈,老狗总是跑在最前面。羊倌要把羊群赶到新的牧场,老狗便在羊只之间跑来跑去,注意不让羊掉队。羊倌只要躺下来睡觉,老狗就一直睁着眼睛。不得不提防啊! 不能让狼偷偷地摸过来,不能让熊来惊散羊群,还得提防有坏人来偷羊。

一晃就是好几年,羊倌发现狗的腿脚不再像过去那么灵便了,嗅觉好像也变得迟钝了许多。

这是个蛮不错的羊倌,考虑问题很周到。于是他想道:"我的这条狗很快就要老去了。牧人要是没有狗,那是一天也别想混下去。我得去弄一条小狗来,让它先跟老的学学本事。"

他看中了一条麻利一些的小狗,将它带到羊群。

从此,老狗开始教小狗学本事。老狗不准小狗随便乱叫,也不准睡懒觉。小狗可不情愿了。一到吃东西的时候,小狗就更是来气。羊倌这个人倒是一点儿也不偏心:给狗喂食的时候,给小狗骨头,给老狗也是骨头。给小狗一钵稀汤,给老狗也是一钵稀汤。饼子都是掰成两半,一条狗一半。可小狗跟所有的小狗一样,嘴馋得要命,总觉得主人偏向老狗,多给了老狗。

就说喝稀汤吧,小狗既不嚼,也不品味,一口就把钵子里的东西全囫囵吞了下去,可老狗还剩下大半钵,让小狗眼馋得要命。碰到这种时候,小狗就发出声声哀号,那如怨如诉的声音让人听了心里怪难受的。主人还真以为老狗在欺负小狗,在夺小狗的食。

羊们熟悉他们的警卫老狗,习惯听他的话。老狗觉得羊们也好管理,不用吠,更不用发威吼叫。小狗却发了疯似的在羊群周围跑来跑去,吠得嗓子都哑了。

羊倌坐在一旁,在想他的心事:"老狗都懒得动弹了,只听见小狗在叫!"

从此他开始喂小狗好些,喂老狗差些;有时候还摸摸小的,挠挠他的耳朵,拍拍他的脑袋;对老狗却是时不时呵斥几声,扬起手来做出要揍他的样子,有时还真的揍他。

老狗觉得委屈,再加上伙食不好,他日渐衰弱起来,瘦得只剩下一把骨头,身上的毛在一绺一绺地往下掉,眼神里透出一丝郁闷。

有一天,出了这么一件事——

那天下了一场大雷雨,几声炸雷仿佛要把天空劈成两半似的。羊们惧怕雷雨,蹿到一边,然后到处乱跑。弄不好有的就会掉入深谷,有的会跑折腿,有的会跑到很远很远的地方,最后都找不到回来的路。

老狗清楚这时自己该怎么办。他跟在羊群后面努力地向前跑,只见四只蹄子在雨雾中一闪一闪。他哪儿来的这力量呢!小狗勉强才能跟上他。

老狗追上羊群,又往前跑出一段距离,到前面去堵他们的路。一只只羊冷静下来,不再往前跑,浑身都在打战,但是不再四处逃散。有忠实的警卫同他们在一起,这就是说,再没什么好怕的。

这时,羊倌也赶到了。

他一看,老狗在躺着,舌头向外伸出老长。小狗却围着羊群跑来跑去,在扯破嗓子吠叫。于是羊倌心想,是小狗在这场灾难中立了大功。

"你真行!"羊倌夸小狗。

对老狗羊倌却说:"你这个好吃懒做的家伙!就知道躺着!"

老狗委屈死了,低着脑袋慢腾腾地朝一边走去,头也不回地走到森林深处。森林的小溪边有一座小木屋。是谁建造的,谁住过,这人又上哪儿去了,这始终是个谜。也许有人知道,但不是我们,也不是老狗。

老狗在小木屋里住了下来。总算是有了个栖身之所,这是求之不得的好事。但没有果腹的东西,这可是够头疼的。它吃野果,嚼蘑菇,谈不上能吃饱肚皮,但还是能勉强维持生命。只是这种无所事事的生活太无聊了，因为他这辈子都是围着羊群跑的。

有一次，老狗坐在窗前，看见有一只狼从屋前走过。原来屋前是一条狼道。

狼有些迷惑不解："噫，多少年屋里都没住人，现在突然冒出了个主人。你是谁呀？"

"我？"老狗说，"我是个鞋匠，凡脚上穿的我都能做。我做的树皮鞋一辈子也穿不坏。我做的皮靴，你想要吱嘎响的也行，不要吱嘎响的也行。"

狼乐坏了。

"这正是我所需要的，我早就想要一双靴子。在森林里打着光脚走路太扎脚。当然，这也没什么了不起，大家都习以为常了。可是，由于森林里谁也没有皮靴，我要穿上了，非得叫别人羡慕死了不可！鞋匠，你能不能给我做一双皮靴呢？"

"要做并不难，"老狗回答，"只是我这里缺料。"

"那你都要些什么样的料？"狼问。

"就看做什么样的皮靴了！"老狗说，"不怎么样的我用树的内皮就可以做，比如说用桦树皮。"

"那不行。"狼说，"我要的是好皮靴，人穿的那种。"

"如果要人穿的那种，事情可就不那么简单了。"老狗摇摇头，"首先你得给我弄来牛犊皮用来做鞋掌，靴头宜用大猪皮，靴筒最好用小猪皮。为使靴子能保暖，里面最好铺一层鹅毛。"

"好吧,"狼说,"我的牙——狼牙很尖,我保证去给你弄这些皮来。"

"你说什么!"老狗紧挥爪子,"你那尖牙会把皮弄坏的。你最好把整头牛犊给我弄来,由我亲自来剥皮,亲自来鞣制。"

"行,"狼说,"咱们一言为定。"

"一言为定!"老狗说,"保证有你的靴子。"

第二天,狼弄来一头牛犊。

老狗说:"加工牛犊皮可不是件容易的事,得一个星期的时间,所以做靴头的猪皮你不要急着送来,一个星期以后吧。"

狼接下来去干自己的营生了。

老狗开始收拾牛犊。他先咬下一块肉来吃掉,再到河边去喝水,然后躺下来睡大觉。接着又吃肉、喝水、睡觉。这头牛犊不多不少够他吃一个星期。

这时狼正好又给老狗送来一头大猪,一头大肥猪,不知狼是从哪儿猎来的。

"这样的能做靴头吗?"狼问老狗。

"再合适不过了。"老狗回答说。

这头猪够老狗吃五天。五天刚过,狼又送来两头小猪做靴筒。

老狗还来不及吃完这两头小猪,狼又给他送来了四只鹅。老狗这辈子还没吃过这么多的肉。它已变得膘肥体壮,身上的毛油光闪亮,全身充满了力量。老狗年轻时就是个大力士,现在更是力大无比。

到了狼来取皮靴的日子。

"给我皮靴吧!"

"给你什么皮靴?"老狗做出莫名其妙的样子。

"你可是鞋匠呀。"狼说。

"我从来就没当过鞋匠。"老狗回答,"我是一名老兵,是一名专同你们狼作战的老兵!"

狼咆哮起来,向老狗扑去。

老狗也咆哮起来,向狼扑去。

狼被咬了一口,发出一声惨叫,声音都变了。尽管变了,但还是狼的声音。

众狼听见狼的嗥叫声,纷纷跑来帮忙。

一场大战开场了。一团团兽毛四下飞扬,厮杀声响彻整个森林。树吓得弯下腰,草更是趴到了地上。

老狗对付这些狼就如同厨师在摆弄那些土豆。他朝右边咬一口,咬下一只狼耳朵;朝左边转过身去,从狼身上撕下一块肉;扬起一只爪子,打瞎一只狼眼。

在战斗的呐喊声中,狼的头领也赶来了。

"喂,你们这些尖牙利齿的家伙!"狼的头领吼道,"快不要打了!"

战斗停止了。老狗龇着牙站在一边,众狼围着头领挤在另一边。

狼的头领对自己的下属说:"你们这些疯子都在干些什么呀?!干吗要跟这样的大力士打架?莫非是想叫我们狼在这整片森林里绝迹不成?不该跟他打架,而应跟他和好才是。我这就去和他聊聊。"

狼的头领向老狗方向迈出三步,隔着一段距离说:"伟大的斗士,你是否愿意离开这座林子呢?我们一定送你一件你喜欢的东西,作为送别的礼物。"

"行呀,"老狗说,"就叫你的这伙强盗到羊群去给我弄两只活羊来好了,那些羊正在小河边的山包上吃草呢。"

狼的头领如释重负地缓了口气,其他所有的狼也跟着他缓了口气。

"这对我们来说不费吹灰之力!我们马上就去给你弄来。"

四头最高大、牙齿最尖利的狼走出狼群,向着羊群奔去。

老狗也不敢耽误时间,绕着道向着小河边的小山包,向着主人放羊的地方赶去。

老狗还正好赶上:只见四个灰不溜丢的强盗从树林里蹿出来,径直冲进羊群。小狗发现了狼,发出几声尖叫,便夹起尾巴赶紧溜掉。

羊倌一时也不知所措,就知道挥着手杖喊叫。不过,一根手杖怎么能对付得了四头狼啊!

两头狼把两只羊扛上肩,迈着大步向森林跑去。另外两头狼在两边跑,负责护卫。

说时迟那时快,只见老狗从一个灌木丛中冲出来。他故意从主人的面前跑过,那意思是说,你就看我的吧!老狗从狼的面前横穿过去,挡住了他们的去路。

狼看见了老狗,心里一阵狂喜,心想这下子可不用扛着这死沉死沉的家伙跑老远的路了。他们把羊往老狗的脚边一扔,赶紧往家跑,溜回黑黝黝的森林。

羊被狼咬得不轻,但还活着。他们站在那里四处张望,发出相当凄惨的叫声。

"你们这些傻瓜,在那里抖个什么呀?"老狗说,"赶快回到羊群去吧。"

羊倌对自己这只忠诚的老狗真是感激不尽,把他的那些亲昵的名字都叫了个遍。

小狗可就遭大罪了。羊倌狠狠地揪小狗的耳朵,还用手杖狠揍他的身子,边揍边数落他:"你这个小傻瓜,多向长者学习学习吧,看人家是怎样干活的!"

就从那时起,老狗一直受到爱戴与尊敬,即使到了老得不能走路的时候,也从未听到主人骂过他一句。

小狗呢,他则从此虚心向老狗学习,终于也学会了真本事。

鸟　王

有一次，众鸟要为自己推举国王。你们可能要问，鸟要国王干什么呀？但这是规矩，其道理就跟有畜群就得有牧人一样。所以，鸟类也想有自己的国王。

一句话，他们有了这个想法，于是集中到一起来开会。来的鸟很多很多，来自四面八方，来自各个角落。有的来自附近地区，有的来自遥远国度，有的横跨整个地球，有的来自南极北极，他们统统向一个地方飞来。

众鸟在唧唧啾啾、吱吱嘎嘎地叫："到底谁能当国王？由谁来统治大伙儿呢？"而每只鸟私下里却都在想："为什么我不能当呀，我哪一点不如别人？"可是，国王只能有一个！

众鸟又嚷嚷了一阵，最后取得一致意见：说某鸟力量大，根据是什么呢？根据就是那一对翅膀！这就是说，谁飞得最高，谁就能当之无愧地当上国王。

说干就干。众鸟降落到地面上，然后一同挥动双翅，哧溜地一下冲入云霄。

在这些鸟当中，还有小鸟儿荨麻鹪鹩，短短的尾巴，短短的翅膀，就像一小团褐色的羽毛。荨麻鹪鹩根本就不是其他鸟的对手，这他心里明明白白。但是他还是有当国王的瘾头，甚至还制订了以巧取胜的行动方案。只见他几蹦几跳来到老鹰跟前，在老鹰的翅膀底下找个地方藏了起来。

这对老鹰算个什么！他有一对强有力的翅膀。他一起飞便腾上半空，至于荨麻鹪鹩抓住他翅膀的某个地方，他都没有任何觉察。

众鸟越飞越高。慢慢地，有一只鸟落在后边，又有一只鸟落了下来。他们累得都已经扇不动翅膀，气都喘不过来了，能有力气降落下来，就已经算是万幸。

其他所有的鸟都已经落在树枝上，只有老鹰还在半空中翱翔。

"是啊，"众鸟想，"老鹰到底就是老鹰！听他支配不算丢人！"

他们抬起头，都在盯着老鹰瞧，在欣赏他的英姿。老鹰在晴空中转了一圈又一圈，最后他也飞累了，开始往下降落。

这时荨麻鹪鹩从他的翅膀下面飞出来，向上飞去。他飞的时间虽然不长，但终究是在老鹰上方飞过。

"那是谁，是怎么回事呀?!"众鸟齐喳喳叫，"这到底是为什么呀？他这是从哪儿来的？"

老鹰落到了地面上。荨麻鹪鹩也降了下来。

"我是你们的国王。"老鹰说。

"不,我才是你们的国王,"荨麻鹪鹩说,"我飞得最高。"

众鸟怎么办好呢? 本来他们对推举国王一事兴趣不大,没国王他们也活得挺滋润的。但是既然是大家的决定,又怎么好说话不算数呢?! 他们都有些泄气了。

突然,从草棵里传来麻雀的吱吱叫声:"我看出了名堂! 我可知道是怎么回事了!"

麻雀哧溜一下飞到荨麻鹪鹩跟前,从他的背上拔出一根羽毛。

"这是谁的羽毛? 谁的羽毛? 不是他的羽毛! 不是他的羽毛!"麻雀直嚷嚷。

那根羽毛原来是老鹰的!

这时真相终于大白。众鸟张开爪子,伸出喙,一齐扑向这个骗子。荨麻鹪鹩看来是必死无疑了,但狡猾的他不知是怎么逃的命。

荨麻鹪鹩一会儿朝上飞,一会儿朝下飞,一会儿歪着飞,一会儿斜着飞。众鸟在后面追他,眼看就要追上了。但这时他在一株老橡树上发现了一个树洞,一下子就钻了进去。树洞很小,洞口又窄,像荨麻鹪鹩这种小鸟正好能钻进去,别的鸟却只能望洋兴叹。乌鸦已经把头伸进树洞,差点儿卡在那里抽不出来。

"去他的吧!"乌鸦哑一声叫,"把他吓得够呛,也就可以了!"

"不行!"鸫回答,"这样可不行。我们得在这里守着他,他饿了就得出来,到时候我们非得狠狠揍他一顿不可。他要不出来,就让他活活饿死在里面好了。"

众鸟开始看守树洞。首先由布谷鸟看,接下来是夜莺、鸫,最后是猫头鹰。

猫头鹰在附近的一棵树枝上落下来,两眼死死地盯住树洞。荨麻鹪鹩却躲在里面深处,一动也不敢动。猫头鹰闲得无聊,觉得直犯困。他只好不断倒动双脚,好驱散睡意。不过这又谈何容易!最后他那双圆圆的大眼睛终于合上了,睡得死沉死沉的。

荨麻鹪鹩正求之不得哩,他哧溜一下,从树洞里钻了出来。

喜鹊最先发现荨麻鹪鹩。

"抓住他,抓住他!"喜鹊喊。

"抓住他! 抓住他!"整座森林响起这个声音。

众鸟又都去追荨麻鹪鹩。可这种小鸟儿非常机灵,只见他一钻钻进黑刺李丛中,要想再逮住他可就难了,非得把你的爪子划得血淋淋不可!

骗子又被放跑了。这到底是谁的过错呢? 是猫头鹰的错! 猫头鹰因此挨了一通好揍,好容易才飞脱。

就从那时起,猫头鹰吓得白天再也不敢露面。众鸟在飞,他就睡觉;等别的鸟睡觉,他才出来飞。

荨麻鹪鹩呢,他就一直躲在多刺灌木和荨麻丛中,因此他才叫荨麻鹪鹩,过去叫的却是另外一个名字。

熊 和 蚊 子

有一次，熊在森林里捉到一只兔子，为寻开心而狠命揪他的耳朵。兔子又疼又恼，哭了起来。而熊还在继续他的恶作剧，边笑边揪兔子的耳朵。熊玩够了，便放了兔子，然后一摇一摆地往前走。兔子吓得半死不活地躲在灌木丛中，坐在那里用爪子擦眼泪。

"这简直是太欺负人了！"他不知是在冲谁说，"好在还活下来了，耳朵会长好的，眼泪也会干的。只是连个可以告状的人也没有，因为熊是森林里最凶猛的野兽，狼和狐狸是他形影不离的朋友。我太不幸了，个子小不说，也没有力气，还找不到一个强而有力的朋友来保护我。"

"我来保护你。"突然兔子听见从芦苇丛中传来的尖叫声。

兔子循声回头望去，看见了蚊子，他的眼泪马上就干了，心中泛起一阵狂喜的波澜。

"你？"兔子好不容易才忍住笑，问道，"你一个小蚊子哪是熊的对手？就知道瞎吹牛！"

"我比熊厉害。"蚊子心平气和地回答,"我能叫他特别难受,比如说吧,让他睡不成觉。明天你就会看到的。"说着,蚊子尾随熊飞去。

这是个大热天,熊热得心烦意乱,都不知在哪儿待好。后来熊在一棵枝叶繁茂的大树下躺下来,刚刚眯上眼睛,就听见耳朵边上一阵响:"嗡——嗡——嗡!"

"哼,该死的小蚊子!"熊听出来是蚊子,等他往鼻子上落。

蚊子在熊的上方转了一圈,又转了一圈,果然,真的直接落到了熊的鼻子上。熊毫不迟疑就朝自己的鼻子扇了一个大巴掌!可蚊子也不傻,他并没在睡大觉,知道熊会拍死他,在拍下来之前就飞走了,现在正在为自己的成功而感到庆幸,决心不让熊得到安宁。

熊翻了一下身,刚一睡着,又听见:"嗡——嗡——嗡!"

"这次小蚊子会往哪儿落呢?"熊装作睡着的样子。

嗡嗡声静息了,熊还以为蚊子已经飞走。可蚊子根本就没有飞走的打算。他小心翼翼地飞进熊的耳朵,狠狠地叮了一口。熊疼得大吼一声,跳将起来,在原地直打转儿,朝着耳朵就是一巴掌,直扇得自己眼冒金星。他那是想教训一下蚊子,叫蚊子知道叮熊会是个什么样的后果!然后他揉揉耳朵,更舒服地躺下来,心想这下子总可以睡个好觉了。可是他刚一合上眼睛,头顶上又响起了蚊子的嗡嗡声。

"哎呀，这该死的！就是拍不死！"熊爬起来，去找另外一个可以睡觉的地方。他穿过灌木林，不时地搔搔痒，冲着整个森林大声吼叫。蚊子紧随其后："嗡——嗡——嗡！"

熊拔腿便跑。他跑了很长时间，一直跑得筋疲力尽，在一棵树下停下来，躺在那里静静地听着。森林里一片寂静，其他所有的兽类和鸟类都已入睡，到处都黑得伸手不见五指。

"没听见蚊子叫，谢天谢地，总算能睡个安稳觉了！"

熊更舒服一些地躺了下来，合上眼睛，进入了梦乡。他甚至还做了个梦，梦见他找到一个盛满蜜的蜜蜂窝。他刚把爪子伸进蜜蜂窝里，突然耳朵上方又响了起来："嗡——嗡——嗡！"

"又找到我了，该死的小蚊子！"

熊好不气恼，最后坐了起来，连连打着嗝儿。可蚊子还在他头顶上飞来飞去，嗡嗡声一直响个不停，一会儿很响，一会儿很轻，最后终于不再响了。

熊坐了一会儿，聚精会神地倾听着，又躺下来。可他刚一躺下，快要睡着的时候，蚊子又飞来了。

熊从树下走出来，坐下来一阵痛哭。

"你这个该死的家伙，就是要缠住我不放呀！现在你可得小心，我哪怕在这里坐到天亮，也要守候到你，把你打死！"

但是熊并没能打死蚊子，倒是蚊子将他折磨个够。他把自己打得浑身都是青紫瘢，却没伤着蚊子一根毫毛。

太阳出来了,众兽和众鸟醒了过来。大家在迎接新的一天的到来,唯独熊讨厌太阳。只见他浑身上下毛乱蓬蓬的,凶神恶煞地在森林里一摇一晃地走来走去,累得眼睛都快要合上,可耳朵里一直响着蚊子的嗡嗡声。

兔子一看见熊,高兴得蹦了起来。

"蚊子真不错! 真是好样的!"兔子直蹦着,一阵哈哈大笑,笑得眼泪都流出来了。

而蚊子呢? 真是提到他,他就来了。

"你看见熊了?"他问。

"看见了,看见了!"兔子回答,自己却抱着肚子直笑,"你真是把他整得够呛! 谢谢你了,朋友! 你说说,像你这么小的个子,怎么能制服像熊这样的大家伙呢?"

"很简单。"蚊子回答,"问题在于我们蚊子从来都不像你们兔子那样离群索居,再说我们也都不是胆小鬼。"

兔子在寻思蚊子这番话的含意,蚊子却又继续追熊去了。

候鸟迁飞的故事

远古时候，如今飞临此地过夏的那些鸟，当时大部分时间都是在南方度过。在觉得拥挤和燠热难当时，他们就召开大会，开始谈论这个话题：

"我们住得实在是太挤了，吃的短缺，下的蛋热得烂掉，孩子越来越少了，非得去找个过夏的好地方不可。需要派个人先去侦察一番，选一个生活方便的好地方。"

大伙儿都同意这个看法，便公推了鹤，因为大家公认他聪明，办事认真，在鸟族中是个受人尊敬的重要角色。鹤善飞，两条长腿也善跑。大家给鹤的期限是三年，让他在这三年里飞遍西方、北方和东方，进行一番实地考察。鹤飞走了。

嘎嘎野鸭在众鸟中最最英俊潇洒。他的羽毛呈鲜绿色。除此之外，他动作敏捷，生性快活，还是个大色鬼。就在鹤飞走以后不久，嘎嘎野鸭便开始向母鹤献殷勤，并很快得到她的欢心。他们过起了神仙般的日子，嘎嘎野鸭甚至都搬过去和母鹤同住。

三年过去。一天夜里,鹤回到了家,马上去见妻子。嘎嘎野鸭跑到巢下方去躲起来,听见鹤在对妻子说:"我在北方找到了好地方,既宽广辽阔,又凉爽,吃的东西应有尽有。那里可以繁殖多多的小雏。可我不是傻瓜,明天在众鸟的会上我会说,北边比任何地方都糟糕,然后咱俩向北方飞去,到那里去过一种自由自在的生活!"

"嘎嘎——嘎嘎!"嘎嘎野鸭一声叫,从巢底下飞走。

"这是什么声音?"鹤问妻子。

"哎呀,亲爱的,"母鹤说,"自打你走了以后,我没有一个晚上睡踏实过,总觉得有人在叫,在吹口哨,在唱歌,在哈哈大笑,在呻吟,在哭!"

"是啊,这种事是经常有的。"鹤说。

娇小而活泼好动的多嘴野鸭是嘎嘎野鸭的亲戚,是个真正的饶舌鬼。嘎嘎野鸭直接飞去找多嘴野鸭,说:"我告诉你吧,鹤回来了!"

"那又怎么样呢?"多嘴野鸭问。

"鹤打算毁了我们整个鸟类!"

"你这不是撒谎吧? 像鹤这样到处受到尊敬的人绝不会干这种坏事!"

"可他到底还是干了! 我告诉你吧:刚刚我无意中听到了鹤同妻子的对话。他说北方有过夏的好地方,可他打算在会上说那里相当糟糕。他只想自个儿带着妻子去。"

"瞧，真是个坏透了的家伙！"多嘴野鸭说，"不过你且慢！让我来出他的洋相，我要让他记得有一次他当着众多女人的面嘲笑我的短腿的后果！"

所有的鸟，大的和小的，都集中到一起来开会。鹤报告了他飞这一圈的所见所闻。他说："我曾到过西方和东方，那里和这里一样，也是那么挤，那么热，可以吃的东西也不多。后来我飞到了北方，好不容易才从那里捡了一条命回来，那里天寒地冻的，天天都是大雾笼罩，没有夏天，一年四季都是冬天。那里没有任何植物，而且有一些凶猛的大鸟，他们的喙有镰刀那么长，指甲也长长的，他们都很贪吃，也很残忍。要是飞到了那里，就谁也回不来啦。"

"那你是怎么回来的呢？"多嘴野鸭突然发问，然后对整个大会说，"你们不要相信他，他那是在撒谎。昨天夜里他对妻子说的恰恰相反，他想独自享用北方的财富，他想独自去那里生儿育女。我无意中知道了他的险恶用心。"

"你怎么胆敢在大会上败坏我的名誉？"鹤一声吼，向多嘴野鸭扑去。等那些大鸟想起来救多嘴野鸭，鹤已经把他揍得半死，把他的爪子都弄脱了臼。要不是来参加大会的众鸟救了多嘴野鸭，说不定他早就没命了。

"鹤老爷子，你不该生这么大的气，不该揍可怜的多嘴野鸭。我们不赞成你这么做，因为多嘴野鸭也是鸟类大家庭中的一员。

你瞧,你把他揍得只剩下一口气。不,从今往后我们再也不相信你了!"

众鸟又议论起鹤的所作所为,由此得出结论:鹤要是说了真话,他绝不会对一只小鸟下如此的狠心。显然是可怜的多嘴野鸭未能控制住自己,道出了鹤说过的话。因此很有必要再派一个人到北方去。这次最好是让老鹰去,因为他精明、勇敢,飞行的速度快,视力也好。大家决定给老鹰一年的期限。多嘴野鸭嘛,就让他治病好了,由鹤来负责他的吃喝,叫鹤以后不敢再由着自己的性子瞎来。这是大会做出的决定。

老鹰向北方飞去。整整一年过去,第二年的春天,老鹰就回来了。众鸟又集中到了一起。老鹰说他在北方找到了一块又宽敞又凉爽的地方,那里的食物多的是,最方便生儿育女,而且那里根本就没有鹤所说的那种凶猛的大鸟。

众鸟很快就集中起来,要飞往北方。就在他们刚要动身的时候,瘸着腿、一只翅膀脱臼的多嘴野鸭来到他们跟前。

"诸位老爷子,"他说,"我有话要说。去年鹤当着你们大家的面,因为我说了真话而无缘无故地狠揍了我一顿。你们现在也看见了,他把我揍成了什么样子。你们现在就要飞走,可我这个样子能上哪儿去呢?没有了你们,我在这里必死无疑。请你们以关爱的目光看看我吧,老爷子们。在你们还没飞走之前,看我该怎么办好!"

　　"是啊,他说得有道理。"众鸟说,"确实,没有我们在身边,他是活不下去的。而让自己的兄弟死去,这对我们来说是奇耻大辱。因为他的病是鹤一手造成的,而且鹤还对我们大家撒下了弥天大谎,那鹤就应该接受惩罚:叫鹤从今往后一直都得把多嘴野鸭驮到北方去,到时候再驮回来。"

　　就从那时起,众鸟飞往北方又往回飞,鹤都是驮着多嘴野鸭。鹤因此很少能飞到北极圈地带,因为他背上驮着重物,总是比别的鸟先体力不支。老鹰呢,因为他立了功,被大伙儿尊为英雄。

小男孩盗火记

很久很久以前,紧挨着一座树林,在一块燕麦田边上有一个小庄子。

庄子里只住着一户人家,家里有四口人:父亲、母亲和他们的孩子———一个姑娘和一个男孩儿。

男孩儿是弟弟。姐弟俩相处得很不错,都爱自己的父母。庄子里这一家的生活过得美满而幸福。

美满是美满,可一直燃得很旺的火突然一下子熄灭了!

母亲直抱怨,父亲也怪难过的,他对女儿说:"得想个办法,不能老这样下去……我跟你母亲老了,腿脚都不灵便了。可你年轻,腿脚麻利,脑子也好使! 从云杉林过去,灌木丛那边住着林妖卡姆。卡姆有一个大火炉,炉子里是长明火。你就去跑一趟吧,想法子从他的炉子里弄个炭火块来也行……"

姑娘清楚家里目前的艰难处境,对父亲的请求点头表示同意,目光中却流露出一丝恐惧,说:"哎呀! 卡姆太毒了! 卡姆太凶残了！他会吃掉我的！"

不过父亲还是劝她说："你呀，我的女儿，可以拿上我们家的白桌布和木梳。它们是我们聪明的先人——曾祖父和曾祖母留下来的。一旦需要，它们都会帮你的忙。"

说着，父亲叫母亲到箱子里去取来那块桌布和木梳。姑娘开始穿鞋准备上路，不过她的手和脚仍在一个劲儿地颤抖。

这时，小弟弟从高板床上跳下来，说："你们干吗要派我唯一的姐姐去干这种危险的事？你们要留我干什么？不管怎么说，我总是条汉子嘛！"

说完，他抓起木梳塞进衣服兜里，再抓起桌布揣入怀中，打开门便光脚向林妖卡姆住的地方奔去。

小男孩正跑着，看见小路一旁的草丛里有只古旧的瓦罐，从里面传出一个恶狠狠的粗嗓门儿："站住！你这是要上哪儿去？"

"去找卡姆要火！"小男孩回答。

"卡姆会把你抓住的，卡姆会把你吞下去吃掉的！"

"他敢！非叫他噎死不可！"小男孩挥挥手。

他跑呀，跑呀，又在路上看见两颗晶莹剔透的绿玻璃球。这两颗玻璃球闪烁着，变幻出无穷色彩，甚至似乎是在望着他大声说道："站住！站住！你这是上哪儿去？"

"去找卡姆要火！"

"他会吃掉你的！"

"他敢……"小男孩还是这么回答,又继续往前赶路。

路上又出现两只大耙子、一只又矮又宽的柳条筐和一只大木盆。它们都吓唬小男孩,不让他去找卡姆。可是小男孩就是不理会它们,没表现出丝毫的胆怯。

就是当两根云杉长杆——两只长长的高跷从密林深处迈着沉重的脚步自己跑到小路上来时,小男孩也处之泰然。

高跷吼道:"回——去!回——去!要不卡姆会把你连骨头吃掉的!"

然而小男孩从两只高跷中间一穿而过,又往前跑。

小路通向一个树木被风折损后留下的空地,空地中间是一片砖砌的炉子,卡姆在一旁蹲着。他把整棵树往炉膛里送,瞪大两只绿莹莹的圆眼睛,鼓着厚厚的腮帮子,在用劲吹那不灭之火。

他吹呀,吹呀,回转身来看见了小男孩,当即问道:"你是怎么到这里来的?"

"就顺着这条小路。"

"难道你没碰见瓦罐?"

"碰见过……是碰见过。"

"绿玻璃球呢?还有耙子、柳条筐、大木盆和高跷,这些你都碰见了?"

"嗯……它们甚至还想吓唬我呢。"

"你没让它们吓住?"

"没有,没被它们吓住……"

"那好,你现在就得回答我:它们到底都是些什么玩意儿? 它们都有些什么秘密? 你要是回答得上来,我就让你活命;要是回答不上来,我就叫你死!"

说着,卡姆露出一口尖利的黄牙。这时小男孩是实实在在有些害怕了,他用衣袖捂住脸,全身一阵哆嗦,不过马上又想到来这里的目的。

小男孩想起来以后,开始偷偷地打量卡姆,脑子终于一下子开了窍,喊道:"我知道了,我知道了! 瓦罐是你的头,绿玻璃球是你的眼睛,耙子是你的胳臂,柳条筐是你的肚皮,大木盆是你的背,高跷是你的这双长腿!"

"唉——!"卡姆不无懊丧地长叹一声,他实在感到有些惊讶,"看来你蛮机灵的……那现在听我的命令:在炉前帮我把火吹得旺旺的,我去找些干柴和树苑来。你可不能偷跑! 我那双绿玻璃球眼睛在任何地方都能看见你,我的高跷腿能追上你,耙子胳臂能抓住你!"

接着,空地上到处响起干树枝折断的咔嚓声,只见卡姆在紧忙着从树堆里往外翻捡柴火。小男孩则在搜索枯肠,想尽快从炉子里把火盗走。

父亲要求拿到烫乎乎的炭火块,但是这样的炭火块能就这样用手捧走吗?

而且卡姆像是在往回走……似乎就已经到了跟前!

小男孩这时拍了一下脑门儿,甚至原地一跳,心里在说:"我这个糊涂蛋在胡思乱想什么呀! 这儿的火很不一般,是不灭的。这就是说,随便找一棵树枝就能把它弄走!"

他马上在脚下找到一根树枝,放进炉子里烧了烧。但他刚一打算溜走,怪吓人的卡姆已经来到他跟前,吼道:"站——住! 站——住!"

卡姆将那双耙子般的胳臂伸向小男孩,眼看小男孩就要一命呜呼,但小男孩在衣兜里找到了曾祖母留下来的那把木梳。

小男孩将木梳往身后一扔,在他和卡姆之间马上起来一道栅栏。

卡姆更来火了,从炉子里扒出所有的炭火块,朝小男孩扔去。

栅栏一着火,便倒在地上。桦树林和云杉树林被烤得也燃了起来。迅猛的火势逼向小男孩。

与此同时,气势汹汹的卡姆跳过大火,施起了魔法。他的头又变成瓦罐,眼睛变成绿玻璃球,肚皮变成柳条筐,背变成大木盆,腿变成高跷。它们又跳又蹦,轰隆隆地直追小男孩而来。

眼看小男孩就要走投无路,它们很快就要围上来,将小男孩抓住,扔进森林大火里。然而就在这紧要关头,小男孩从怀里掏出那块白桌布,将它往小路上一扔,身后马上出现一条湍急的大河。

绿玻璃球掉进河里,顿时沉入河底。只听见扑通一声,瓦罐也掉进河里,河面上冒出几个水泡儿。柳条筐、大木盆、耙子和高跷也都掉进河里,被湍急的河水冲走了。

当火焰来到河边,尽管是不灭之火,却也敌不过湍急的河流和冰冷的河水。只听见咝咝地响过一阵,火熄灭了,成了一股黑烟被风吹散。

只有小男孩手里的树枝上的火苗还在燃着。他举着它到了家,回到父母和姐姐身边。如今,他们家的那爿大炉子上又随时有了热粥。傍晚时分,只要有人路过或者有人来做客,他们家总点着令人感到温馨的松明。

聪明的玛尔富拉

从前有个国王,他有个名叫阿卜杜勒的独生子。

国王的儿子又笨又傻,这给他添了不少麻烦。

国王为阿卜杜勒请了不少贤明的老师,还送他到遥远的国度去求学,但所有这些对傻儿子根本不起作用。

一天,有个人来晋见国王,对他说:"我帮你出个主意,你不妨去给儿子找个不管多难的谜面也难不倒的媳妇。身边要有个聪明的媳妇,他的日子就会好过多了。"

国王觉得这个人说得有理,开始为儿子物色一个聪明的媳妇。这个国家有个老头儿,他有个名叫玛尔富拉的聪明女儿。她是父亲的好帮手,而且她的姿色与聪颖早已远近闻名。所以,虽说玛尔富拉是个普通人家的女儿,国王还是派出大臣去见她的父亲。他决定要看看她到底有多聪明,并且下令把她的父亲带到王宫来。

老头儿来到王宫里,向国王鞠了一躬,问道:"伟大的国王,我遵命来了,有什么吩咐吗?"

"我给你三十米的料子，让你的女儿用它给我的士兵每人缝一件衬衫，还得有包脚布。"国王对他说。

老头儿郁郁不欢地回到家，玛尔富拉迎上来问道："父亲，你为什么不高兴呀？"

老头儿向女儿公开了圣旨。

"你别犯愁，父亲。你可以去对国王说，让他先用一根原木盖一座宫殿，让我在里面缝衣服，盖好宫殿后还得给我留下劈柴来烧。"玛尔富拉说。

老头儿扛上一根原木，去对国王说："我的女儿请您用这根原木盖一座宫殿，还得余下劈柴来烧。您要把这件事办了，玛尔富拉保证也办好您派的事。"

国王听这么一说，对姑娘的聪颖惊讶不已，赶快召集大臣们来议事，他们做出了让阿卜杜勒娶玛尔富拉的决定。玛尔富拉不愿嫁给傻阿卜杜勒，但国王以她父亲的性命来要挟。结果，国王从各地请来了客人，为儿子举行了婚礼。

有一次，国王外出巡视，带上了儿子。他们走呀，走呀，国王觉得有些无聊，决定考验一下儿子，说："你去把路弄短一些，我都感到有些无聊了。"

阿卜杜勒下马，找来一把镢头开始刨路。随行的大臣对他此举抱以讥笑，国王则感到痛心和懊恼，因为儿子听不懂他话里的意思。

国王对儿子说:"要是明天早上你还想不出使路途缩短的办法,我就要重重惩罚你!"

阿卜杜勒快快不乐地回到家,玛尔富拉迎上来问道:"阿卜杜勒,你干吗不高兴?"

阿卜杜勒回答妻子道:"父王说,我要是明天早上还想不出使路途缩短的办法,就要重重惩罚我。"

对此玛尔富拉说:"你别犯愁,这只是小事一桩。明天你去回父王话,说要想缩短寂寞的路途,就得找同路人聊天。同路人要是个有学问的,他就该给父王说说国内都有哪些城市,历史上打过哪些仗,战斗中有哪些统帅表现出色。如果同路人是个普通人,他就该给父王讲讲各种手艺,讲讲那些内行的手艺人。这样一来,多长的路途也就显得短了。"

第二天一大早,国王把儿子叫去问道:"你想出使路途缩短的办法没有?"

阿卜杜勒照妻子教的回答了国王。

国王明白了,阿卜杜勒能做出这样的回答,准是玛尔富拉出的主意。他什么也没说,只笑了笑。

等到国王驾崩以后,继位的不是傻阿卜杜勒,而是他聪明的妻子玛尔富拉。

傻老三与神奇的马

从前,有个老人有三个儿子。老大和老二聪明;老三有些愚钝,白天夜晚就知道在炕上闲躺着,然而他却格外走运。

老人播下小麦,这一年的小麦长得格外好,但是夜里经常有人来糟蹋。于是,老人对孩子们说:"我的乖孩子,你们每天夜里得轮流去看守小麦,帮我去把小偷抓住。"

第一天晚上,大儿子去看守小麦,可是他直犯困,于是钻到干草房里一觉睡到天明。早上他回到家,说他一夜没睡,都冻坏了,可连小偷的影儿也没见着。

第二天晚上轮到老二值班,他也是在干草房里睡了个通宵。

第三天晚上该傻老三值班。他拿上套马索,便执行任务去了。他来到田埂上,找块石头坐下来,不敢睡觉,眼睁睁地等候小偷的出现。

半夜时分,一匹一半毛呈金黄色、一半毛呈银色的杂毛马跑进麦田。只觉得大地在颤抖,就见马耳朵在冒烟,鼻子在喷火。

傻老三偷偷地爬到马跟前,然后突然一伸手,将套马索套在马脖子上。马用尽全力一挣,没挣脱。傻老三死死拉住,套马索把马脖子越勒越紧。马只好求傻老三:"傻小伙子,你放了我吧,我保证为你尽犬马之劳!"

"好吧,"傻老三说,"只是我以后到哪里去找你呢?"

"你到村外去,"马说,"打上三声口哨,然后大声喊:'灰褐色的神马,快到我跟前来!'我马上就到。"

傻小伙子要马保证以后不再来糟蹋麦子,而后把他放了。

傻老三回到家。

"喂,傻弟弟,你都看见什么了?"两位哥哥问。

傻老三说:"我抓住了一匹杂毛马。他保证以后再不来糟蹋麦田,所以我把他放了。"

哥儿俩把傻老弟笑了个够,不过从那天晚上起麦田就一直平安无事。

这以后不久,国王的宣诏官跑遍城市与乡村,发出号召:"官宦和贵族,商人和小市民,以及普通的农民,大家都到国王那里去过三天大节。你们都要骑上最好的马。谁要是骑上自己的马能够到公主的绣楼,从公主手上摘下戒指,国王就招他做驸马。"

傻弟弟的两个哥哥在准备上路,他俩打算不仅自己去碰碰运气,还想看看别人都有些什么造化。傻弟弟请求与他们同行。

"看你那傻乎乎的样子,算老几呀!"两个哥哥说,"想去惊跑别人？你就只管在炕上待你的,睡你的大觉好了。"

哥儿俩骑上马走了。傻弟弟从嫂子那里要来一只筐,便捡蘑菇去了。傻老三来到野外,扔掉筐,打了三声口哨,然后大声喊道: "灰褐色的神马,快到我跟前来!"

马疾驰而至。只觉得大地在颤抖,就见马耳朵在冒烟,鼻子在喷火。马来到傻老三面前一动不动地站住,并说:"喂,傻老三,快从我右耳钻进去,再从左耳钻出来。"

傻老三从马的右耳钻进去,再从左耳钻出来,变成了一个仪表堂堂的小伙子。

傻老三骑上马,便赶去参加国王的盛会。他来到宫殿前的广场上,看见黑压压的一大片人。高高的绣楼上,貌似天仙的公主坐在窗前,手上戴着一枚价值连城的戒指。谁也别想能跳得这么高,没人敢为此去送命。

傻老三在滚圆的马臀上抽了一鞭子。马一发火,往上一蹿,离公主的窗口只差三根原木。

人们大为愕然。傻老三却掉转马头,往回疾驰而去。哥儿俩来不及闪开道,被傻老三用鞭子抽了一鞭子。人们高呼:"抓住他,抓住他!"傻老三却连影儿也不见了。

傻老三出了城,下了马,然后从马的左耳钻进去,再从右耳钻出来,又变成先前的傻老三。他把马放走,捡了一筐蛤蟆菌回到了家。

"瞧,女主人,这是我捡回来的蘑菇。"他说。

两位嫂子马上火了。

"哎呀,傻老弟,就这么一点儿蘑菇呀?只够你一个人塞牙缝的!"

傻老三笑笑,又爬到了炕上。

哥儿俩回到家,对父亲说他们进了城,都看见了什么,就傻老三一人躺在炕上自顾笑。

第二天,老大和老二又进城参加盛会去了,傻老三又拿了筐去捡蘑菇。他来到野外,依旧打了三声口哨,然后大喊道:"灰褐色的神马,快到我跟前来!"

马疾驰而来,在傻老三面前一动不动地站住。

傻老三又换了装,骑上马飞快地来到广场。一看,今天来的人更多,大家都在眼巴巴地望着公主,可谁也不敢往上跳,没人敢为此去送命。傻老三狠抽一鞭滚圆的马臀。马一发火,又往上一蹿,离公主的窗口还差两根原木。傻老三掉转马头,抽了两位哥哥一鞭子,让他们闪开道,然后疾驰而去。

哥儿俩回到家,傻老三已经躺在炕上。两位哥哥在谈城里的情况,傻老三却只顾笑。

第三天,哥儿俩又进了城,傻老三也去了。他用鞭子猛抽一下坐骑。马比先前更来火,一蹿蹿到公主的窗前。傻老三亲了一口公主如糖一般甜的双唇,从她手指上撸下戒指,掉转马头又往回跑,依旧没忘了抽两位哥哥一鞭子。国王和公主当时就大声喊:"抓住他,抓住他!"可傻老三又跑得连影儿也不见了。

傻老三回到家,一只手用破布裹着。

"你这是怎么啦?"两位嫂子问。

"没什么,就是捡蘑菇的时候让树枝扎了一下。"说完他又爬到炕上。

两位哥哥回到家,又谈起了城里的情况。傻老三在炕上想看看戒指,可他刚解下破布,木屋里马上出现万道金光。

"傻弟弟,别玩火!"哥儿俩朝他嚷,"你这会把房子也烧掉的,看来该把你从家里轰出去了!"

两三天过去,国王下令让国内所有的臣民都到他那里去参加盛宴,谁也不能留在家里,违抗王命者格杀勿论。

老人实在没法,只好带上全家去参加宴会。

人们都来了,就着橡木桌坐下,边吃边喝边聊天。

宴会快终了时,公主依次给每个客人斟蜜。她给别人都斟过了,最后来到傻老三面前。傻老三一身破衣烂衫,黑黢黢的脸,头发立着,一只手还缠着破布,模样怪吓人的。

"小伙子,为什么你这只手缠着布呢?"公主问,"快解下来让我看看。"

傻老三解下裹布,只见他的手指上戴着公主的戒指,其光芒照得大家都睁不开眼。

公主挽起傻老三的胳臂,把他带到国王跟前,说:"瞧,父王,这就是我的未婚夫。"

仆人们给傻老三洗好澡,梳好头,换上一身豪华的衣服,傻老三成了一个英姿飒爽的小伙子,让父亲和两个哥哥都快认不出来了。

接着国王给公主和傻老三举办了盛大的婚礼。

穷汉糊弄魔鬼

从前有个穷汉,他有很多孩子。孩子还小时,家境还过得去。可等他们都长大以后,一个个饭量大增,这家的日子每况愈下,孩子的吃饭都成了问题,还得管他们的穿衣。

于是穷汉外出去找活干,好养活这些孩子。他走呀,走呀,但所到之处都找不到活儿。

"唉,"他想,"哪怕能在魔鬼那里找到活,我也干!"

他刚这么一想,就看见有个口髭浓重的高个子男人向他迎面走来。这人正好就是魔鬼。

"你这是上哪儿呀?"魔鬼问。

"去找活儿干,家里穷得都揭不开锅了。"

"我雇你!"魔鬼说,"不过一开始咱俩得把火生起来,好烧饭吃。你到树林里去,多弄些橡木柴火来。"

穷汉觉出这事凶多吉少,但还是到树林去了。他曾想过逃跑,可又转念一想,跑到哪儿魔鬼都能把他找到。

穷汉在树林边上停下来,想拔掉一棵橡树,可是难如撼山!树干和枝叶纹丝不动。他改为剥树皮。他剥呀,剥呀,然后找来一根绳子,开始捆这些树皮。

正好这时魔鬼来了,问穷汉:"你这是干什么呀?"

"我想把整个树林都弄去当柴火烧,以后就不用一棵树一棵树地来搬了。"

魔鬼吓了一大跳,自己拔掉一棵树,扛上肩便走。穷汉尾随他缓步而行。

他们做好饭,吃饱后魔鬼说:"现在咱俩来格斗吧。你去为自己伐一根木棒,我也给自己搞一根。"

穷汉从树丛中找来一根大棒。魔鬼从地里拔出一棵树,在空中直挥舞,像是在驱赶人群。

"我不想在野地里和你打斗,只想在屋里打!"穷汉说。

魔鬼认可,但是他扛着树进不了屋,屋里根本装不下一棵树。趁这时候穷汉抡起大棒给了魔鬼一顿猛抽。魔鬼被揍得吱吱哇哇乱叫,连声求饶。穷汉可怜他,把他放了。

第二天,魔鬼派穷汉去打水。水桶很大,穷汉好不容易才把空桶弄到井边。他一直在绞尽脑汁,不知道该怎样才能把水弄回去,最后在井边刨起土来。魔鬼看到穷汉在磨洋工,便跑来找他,才发现他正在水井的四周刨土挖沟。

"你这是在干什么呀?"魔鬼感到莫名其妙。

"我想把井挖出来！要是能把水井搬过去,那干吗还用跑来跑去用桶提水?!"

魔鬼吓得够呛,把桶拿过去打满水提走。穷汉跟在魔鬼的后面。

晚上穷汉躺下来睡觉,听见魔鬼们在商量事儿。雇用穷汉的那个年岁最大的魔鬼说,现在想甩开他都办不到了,得把他弄死才好。

众魔鬼商定:半夜时分,等穷汉睡熟之后把他弄死。

等众魔鬼也躺下睡觉之后,穷汉爬起来,往自己原来躺的地方放一块劈柴,然后找个地方藏好。半夜一到,众魔鬼纷纷爬起,每人拿上一根木棍,都跑去抽打那块劈柴。他们打呀,打呀,以为穷汉早被打得断了气,才把棍子扔到一边,又回去睡觉了。

早上,等穷汉起了床,魔鬼们一个个吓得魂飞魄散,他们看见穷汉身上既没有青伤,也没有破伤。

"你梦见什么了?"魔鬼们问。

"我梦见有人在抚摸我。"

魔鬼吓得问穷汉,他是不是已经想回家。

"想!"穷汉回答。

"那我们该给你多少钱呢?"

"你们该给我一口袋钱,而且口袋要大到我的主人勉强能送到我家方可。"

众魔鬼装了一口袋黄金,年岁最大的那个魔鬼往肩上一扛,便大步地朝穷汉的家跑去,一心只想快些把他甩掉。穷汉在后面勉强才能跟上。

魔鬼已经来到穷汉的小屋前,听见孩子们的叫嚷声。

"你家里是怎么回事?"魔鬼问。

"那是我的孩子想扒掉你的皮。"

魔鬼吓得魂不附体,扔掉口袋赶紧溜掉。

穷汉和孩子们把口袋弄进屋,从那天起他们一直靠那些钱过日子。

两个严冬老人

有两个严冬老人,他们是亲兄弟。有一次,他俩在空旷的田野上散步。

其中一个老人对另一个说:"红鼻子,我的好兄弟,咱俩去冻冻人,来逗个乐儿,怎么样?"

另一个回答说:"青鼻子,我的好兄弟,要想去冻人,咱俩可不能在田野上溜达。田野上一片白雪,所有的大路小路也都让雪封死了,看不见一个人影。咱们最好到那片针叶林去。那里虽说不那么宽绰,但是会玩得更开心。说不定到那里去的路上还会碰上一两个人哩。"

说走就走。两位严冬老人跑到了针叶林。这两位亲兄弟一路跑,一路还拍拍松树、枞树,可开心了。老枞树噼噼啪啪作响。小松树发出吱吱嘎嘎声。

这时,他俩听见一边有铃铛声,一边有响铃声。发出铃铛声的车上坐着一个地主老爷,发出响铃声的车上坐着一个庄稼汉。

两位严冬老人在商量,看谁去跟着哪一位,去让他挨冻。

那位年轻一些的青鼻子严冬老人说:"我最好去追那位庄稼汉,他最容易制服。你看他穿的是一件补丁摞补丁的短皮袄,帽子上也全是窟窿,脚上光穿一双草鞋。他大概是去砍柴。你嘛,我的好哥哥,就去追那位地主老爷吧,因为你比我有能耐。你瞧,他穿的是熊皮袄,戴的是兔皮帽,脚上是一双狼皮靴,我怎么对付得了他呢!"

红鼻子严冬老人只是笑笑,说:"弟弟,你还年轻!……好吧,就照你说的办!你去追那个庄稼汉,我去追那个地主老爷。等晚上我们碰面的时候,就知道谁的活难易了。再见!"

"再见,哥哥!"

他俩发出一声呼啸,各自走了。

等太阳刚刚下山,兄弟俩又在空旷的田野上会合,互相打听事情办得怎么样。

"我想呀,哥哥,你跟这个老爷打交道一定是遭了大罪,"青鼻子弟弟说,"可大概最后还没什么结果。你根本吹不透他!"

哥哥只是笑笑。

"唉,"他说,"你呀,青鼻子弟弟,真是又年轻,又头脑简单!我把他好好地收拾了一顿,让他一个钟头也暖和不过来。"

"那皮袄、皮帽和皮靴也不管事?"

"不管事。我钻进他的皮袄里,钻进他的皮帽和皮靴里,狠狠地冻他！他蜷成一团，全身裹得严严实实，满以为只要自己一动不动，任何严寒也奈何他不得。可他想错了！我把他冻得够呛，到了城里下车后他都快活不成了！你怎么样呢？把那个庄稼汉怎么样了？"

"啊呀，红鼻子哥哥！你真该及早开导我才是。原以为能轻易冻住那个乡下佬，结果却让他揍得我浑身都疼。"

"这是怎么回事呢？"

"你听我告诉你吧。你自己也看见了，他是去砍柴。路上我就开始使劲吹他，他却一点儿也不发怵，还这样那样地把我臭骂了一通。我真生气了，朝他一阵猛刮。只是好景不长，他很快就到了目的地，从爬犁上下来，抄起斧头。我当时想，这正好是我制服他的时候了。于是我钻到他的短皮袄里面，想把他冻透。他却只顾抡斧子，只见木片到处乱飞。他甚至都出汗了。我一看事情不妙，在短皮袄里面都待不住了。最后他简直是汗如雨下。看来我得赶紧溜掉。可那个乡下佬还在不停地干活。他根本就不觉得冷，还热起来了呢。我看见他脱下短皮袄，心里可高兴了。我想：'你等着瞧吧，我会让你知道我的厉害！'他的整个皮袄都湿透了。我钻进里面，把它冻得硬邦邦的，心里还想：'现在你再穿上吧！'等乡下佬干完了活，往皮袄跟前走去时，我就别提有多高兴——又得该我开心了！谁料他看了我一眼，倒骂起我来了。我想：'你骂吧，骂吧！反正你赶不走我！'可是他不仅嘴里骂，还抄起一块长长的带结的劈柴,朝着皮袄一阵猛抽,一边抽,一边骂。我本来应该赶紧溜掉,可是钻进毛里太深了,一时跑不出来,只好让他一下一下地抽打。我好不容易才溜掉了,以为骨头架都被他打散了呢,直到现在浑身都还在疼。以后我再也不敢去冻乡下佬了。"

"叫我看呀,你现在变得世故和聪明多了。"红鼻子哥哥说。

不许解开的第三个结

有一年,渔村的收成很不好。从秋天起鱼就不怎么上网,因此入春前各家的仓库都光溜溜的了。鱼对渔家,有如粮食对农家一般重要。没有鱼,全村就得挨饿。

渔民们聚拢来商量对策。出海季节还未到,待在家里苦等不啻束手待毙。

他们想来想去,一致决定去碰碰运气。

"说不定大海会对咱们大发慈悲,给咱们往网里送来吃的东西!"

可有一位渔民说:"我就不知道这是童话呢,还是确有其事。不过听人说,卡阿列尔老人曾经跟大海的女主人很要好。他可能知道该怎样把鱼哄进网。"

"我好像也记得有这么回事。"另一个渔民说,"我还是个孩子的时候,就听爷爷多次说过,像是卡阿列尔有一件宝贝,用它什么时候都能把鱼哄进网。咱们是不是去找一下老头儿呢?"

老人住在村边上,他曾经是个勇敢而又走运的渔夫。然而岁月早就让老人弓起了背,他不仅已经停止出海,就连家门也很少出了。不过,当渔民们来敲老人家门时,他出来对他们说:"朋友们,我知道你们为什么来找我,所以你们听我说:一个好渔夫不是靠碰运气,而是靠自己的真本事和双手的力气吃饭。可是你们居然想去办一件非常难办的事。你们想提前出海,可大海不喜欢这样。好吧,你们勇敢去吧,我助你们一臂之力。"

说着,老人从脖子上摘下围巾来让渔民们瞧。

"你们看,围巾上打着三个结。第一个结能保佑你们一路顺风,你们只要一张帆就可以解开它。第二个结能把鱼哄进你们的网里,你们下网的时候就可以解开它。第三个结,你们无论在什么情况下也不能解。只要一解开,就会招来灾祸。我再告诉你们吧:大海不管送给你们什么,你们都应该知足。无论第一网打到多少鱼,都不许再撒第二网。"

"你别担心,卡阿列尔。"渔民们回答,"我们一定照你说的去做,这我们可以保证。"

"你们可得注意,下海人可是要守信用。"

整整一晚上,渔民们都在往船上涂树脂,修补渔网,到早上一切都已准备就绪。

渔民们坐上船,驶向大海。

他们很快便驶出海湾,张起了帆。这时领班掏出卡阿列尔老人的围巾，说："咱们来解开第一个结吧。"

第一个结解开了，马上送来一阵清新的风。风吹满了帆，把船推向前进。

船走得很好，不用掌舵便能拐弯，像一把利刃破浪前进。渔民们很快来到汪洋大海里。这时风停了，帆落下了，小船停止前进。

"对了，这就是老头子说的那个地方！"渔民们说，"咱们就在这儿下网。"

大家齐心协力地干了起来。抛锚，理网，最后把网下到海里。

"现在你解开第二个结吧！"渔民们喊道。

领班从怀里掏出卡阿列尔老人的围巾，解开第二个结。他刚解开，海里就开始有东西拍打动荡起来，水面上打着一个个旋儿，网漂子直抖动。

渔民们等海面上平静下来，才开始小心翼翼地往外收网。这些网还从来没这么沉过，他们使出吃奶的力气往外拽。最后网边出了水面，网里的鱼多极了，银色的鳞片晃得人都睁不开眼。

"一、二！"领班一声令下。

渔民们猛拽网，鱼都掉到船舱里。

"这一网打上来真不少！"有个渔民说，"真该谢谢卡阿列尔老人！"

"这是当然的喽。"另一个渔民说，"可咱们要想在渔季到来之前不至于饿肚皮，还得打上来这样三网。伙计们，是不是再来一网呢?"

"你说什么,你说什么!"最年轻的那个渔民说,"你想想卡阿列尔老人说的话吧:'大海不管送给你们什么,你们都应该知足。'"

"是啊,老人和小孩所需不多,"领班笑起来,"可咱们要是船不装满鱼,回去都没脸见人。"

渔民们又把网撒下。

这次他们一无所获,拉出来的是空网,连一尾小鱼也没捕到。

他们泄气了,可领班说:"都怨咱们没解开卡阿列尔老人围巾上的第三个结。你们也看见了,那不是条普通的围巾,每个结都能哄来鱼。还剩下一个,咱们把它也解开吧。这样一来,咱们便可以满载而归了。"

"哎呀,咱们的头儿,"现在是那个年纪最大的渔民说话了,"卡阿列尔老人交代过不许动那个结。"

"那是因为你也是个老头儿。"领班回答说,"老头们都信'事不过三'这句话。不过也有这么一句话呀:'只有傻瓜才有福不享。'"

"这倒也是。"渔民们说,"唉,豁出去了!头儿,解开第三个结吧!"

领班早把围巾拿在手里。他猛一拽最后一个结,解开。大海顿时闹腾起来,浪头腾起得比船头还高,网漂子抖得更欢。

"啊,鱼来了!"领班说,"我就说对了嘛!"

渔民们个个欢欣鼓舞,好不容易才等到拉网的时刻。这次又和上次一模一样,网死沉死沉的。然而渔民们一个个都很结实有力,他们齐心地拽住缆绳,把网拉了上来。真新鲜!网里就一条鱼在挣扎。这是一条大得出奇的狗鱼,不过尾巴是秃的,就像被人用斧头砍掉了尾巴似的。

"真是个怪物!"渔民们十分惊愕,懊丧地将狗鱼扔进船舱里。

这时,太阳快沉入水面了,日落前海浪已经平息下来。

突然,静静的海面上听见有人说话。渔民们一跃而起,往四下里张望。

"谁这时候还出海?"他们想。

但到处都看不到什么船只。

"兴许是海鸥在叫吧。"领班说。

接着,又响起一声嘹亮而悠长的号角,仿佛村里的牧童在召唤羊群。后来还听见有个女人的声音问道:"都回家了?"

有个响亮的姑娘的声音回答说:"都回家了。就是秃尾巴公羊还不见回来。"

号角又吹响了,这次声音更大。

狗鱼突然在船舱里拍打起来,把满是利齿的嘴张得老大,用尽全力去拱其他的鱼。领班用皮靴踢了它一脚,对同伴们大声喊道:"快起锚!情况有些不妙,咱们快走!"

渔民们起了锚,向岸边掉转船头。

事情可真怪!不管他们怎样用力划桨,小船纹丝不动,就像海面结了冰,船底冻在冰面上似的。渔民们一次次齐心协力地划桨,船还是待在原地不动。

渔民们折腾了一整宿。他们时而绝望地丢下桨,时而又划起来,但都无济于事。看来,任何力量也别想使小船前进一步。

天快亮了,天空出现一抹红霞,这时又听见了那些奇怪的声音。

"都醒了?都到齐了?"

号角又吹响了,无数个铃铛叮叮当当响了起来。船舱里的鱼突然一条条都动弹开了。那条令人瞠目的大狗鱼一扭一摆地从最底层爬了出来,张开满是利齿的嘴,两腮拍得啪啪响。

"这怪物真不老实!"领班嘟哝说,突然想道:"事情是不是就出在它身上?说不定海里的东西就是在等它回去?"

领班从长椅上一跃而起,抓起狗鱼,把它朝船舷外扔去。

顿时,在很远很远的地方,也许就在海底,有人鼓起掌来,还欣喜若狂地喊道:"你们看呀,你们看呀,秃尾巴公羊在往回游哩!看它游得有多急,一路上直吐泡泡!"

渔民们再也听不到什么了。海上刮起狂风,掀起了巨浪。他们连相互之间说话都听不清了。

小船动弹了,逐浪漂去。

　　渔民们在喧腾的大海里整整转了一天。小船忽而颠得好高，仿佛都要升到云端，忽而掉到最下面，几乎到了海底。这样的大风浪老人们大概这辈子也没见识过。

　　傍晚时分，小船被冲到一个怪石林立的小岛上。渔民们纷纷跳下来，好不容易把船拉上岸。

　　"这是个什么岛？"他们互相打听，"咱们这是被送到什么地方来了？"

　　这时，从一块岩礁后面走出来一个小个子老头儿。他是个罗锅儿，雪白的胡须几乎拖到地面。

　　"这是西乌马阿岛，"老头儿说，"你们当然不可能知道，很少有人主动上这儿来。"

　　老头儿把渔民们领到岩礁后面的一幢原木小屋里，让他们暖和了身子，填饱了肚皮，最后说："你们是些什么人？从什么地方来？为什么这么早就下海捕鱼？"

　　"我们有什么办法呢？我们的仓库都空了。"渔民们回答，向老头儿叙说了事情的全部经过，但隐瞒了一点，没把他们解开卡阿列尔老人围巾上第三个结的事说出来，那个结是不许解开的。

　　老头儿听完他们的叙述，说："我从前认识你们的卡阿列尔老人。他是个勇敢而能干的渔夫，把大海当成家。你们知道他把你们的船送到什么地方来了吗？直接送到大海女主人的牧场来了。她在那儿放牧她的鱼群。但是她的鱼都很有心眼儿，它们是绝不会进网的。进你们网的那些鱼，都是从很远的地方跑来跟大海女主人的鱼群一同找食的。就是秃尾巴狗鱼怎么会进了你们的网呢？这我就弄不明白了。你们是用什么妙法哄它进网的？"

这时渔民们才明白卡阿列尔是想让他们免除什么样的灾祸，但对老头儿什么也没说，他们的心情都很沉重。海上的风浪还未停息，风在烟囱里呼呼响，大滴大滴的水珠打在窗户上。看来一两天内天气不会好转。

老头儿安顿渔民们在屋里一个角落的旧渔网上躺下。他们睡得香极了。

天亮时老头儿叫醒了他们。大风还在窗外呼啸，海浪打在礁石上，发出阵阵轰鸣。渔民们彻底泄气了。

"我们怎么办？"他们问老头儿，"看来我们永远也没法离开这儿啦。孩子们都饿着肚皮在家里等我们回去呢。"

"没关系。"老头儿回答，"也许你们还能离开这儿。喂，你们把卡阿列尔的围巾给我吧。"

领班很不情愿地掏出围巾。

老头儿看了一眼围巾，摇摇头说："这东西我曾见过。只是我记得上面打有三个结。你们自己说有两个叫你们解开了，那第三个在哪儿呢？"

渔民们看到再也隐瞒不下去，只好如实说了。

老头儿皱起眉头。

"你们这些下海人真不怎么的!"老头儿说,"居然敢不听卡阿列尔老人的话,还想骗人。"

渔民们一个个羞得无地自容,都垂下了头。

"嗯,"老头儿说,"我看呀,你们这就算是遭到了报应。看在卡阿列尔老人的面上,看在你们那些饿着肚皮的孩子的面上,我帮你们这次忙。"

说着,老头儿接过围巾,在上面打了个结,说:"注意,往后你们说话可得像这个结一样牢实可靠。"

老头儿刚拉紧结套,窗外的风立即止住,海上的大浪也静息了,就像是没起过大风浪一样。

渔民们当天回到了村里。亲朋好友高高兴兴地迎接他们的归来。

捕来的鱼已经够吃到下海季节。

这事能善始善终算是不错了。不过渔民们永远也忘不了这次教训。打那以后,下海人说出的话都像出海时绑在缆绳上的那些结一样牢实可靠。

所以说呀,你们应该多想想这个故事,因为不仅是下海人才需要守信用。

三月，四月，五月

三月和四月有一次碰到了一起。

"你近来怎么样,四月?"三月问,"为什么不来做客呀?"

"我还真不知道怎么走到你家哩。"四月回答说,"小溪都该哗哗流了,可在你的森林里还到处是雪堆,路上也铺满了雪。"

"你就坐上什么家伙上我家来吧,"三月说,"我帮你忙。"

四月坐上雪橇,上三月家做客去了。

三月看见四月坐着雪橇,马上朝路上送去温暖的风,把森林里的雪堆化得一干二净。

无论是乘雪橇,还是步行,都无法通过。

四月折身往回返。

第二天,三月和四月又见面了。

"为什么你不来做客呀?"三月问,"坐上什么家伙来吧,我欢迎你。"

四月又收拾上路了。这次他坐的是大车。

三月看见四月坐着大车,就刮起了冷风,吹得森林中到处是雪堆。路又让雪盖上了。

无论是坐大车,还是步行,都无法通过。

四月再一次伤心地折身往回返。

四月遇见了另一个邻居——五月。

"你干吗这么伤心呀?"五月问他。

四月对五月讲了三月骗他的事,说三月请他去做客,但又给他设置了种种障碍。这一次刮冷风,让路上都盖满了雪;上一次吹暖风,把雪堆都化成水。

"所以我无论是坐雪橇,还是坐大车,都到不了他那里。"四月说。

"你呀,居然也相信他!"五月说,"居然也相信三月说的话!他嘴里就从没说过一句真话。等下一次他要再请你去做客,你就把大车、雪橇和小船都带上好了!"

三月和四月第二天又见面了。

三月又请四月上自己家去做客。

四月坐大车上路了。大车上放上雪橇,雪橇上再放上小船。

三月看见四月坐的是大车,就刮起了冷风,所有的道路都让雪覆盖了。

四月改坐雪橇,再往前走。

三月看见四月坐的是雪橇,吹起了暖风,化开河里的冰。

四月改坐小船，向前划去。

四月坐船来到三月的家。

"你是怎么来的？"三月不胜惊愕。

"什么办法都用过了，"四月回答，"既坐了大车，还坐了雪橇，最后坐船。"

"是谁教你把船、雪橇和大车都带上的？"三月问，"莫非是你自己想出来的？"

"不，"四月说，"这是五月偷偷告诉我的。我还真不知道你是这么一个骗子。"

打这以后，三月就恨透了五月，很生他的气，要对他采取报复行动：有时一夜之间让树叶都冻死，有时让冰雹把花园里的花砸得稀烂……但都枉然！因为五月并不害怕三月。

七 岁 儿

从前,在一个遥远国度的杰斯纳河边,住着丈夫和妻子两口子,他们没有孩子。不过后来上帝送给了他们一个小女孩。因为他们是住在森林里,要给孩子洗礼得走很远很远的路,所以父母就给她取了个"七岁儿"的名字,因为他们等孩子整整等了七年。

一次,丈夫出门去听大家都在说些什么,他听见一个富人说:"伙计们,我那里出了件怪事:老鼠把犁铧啃没了。我把它藏在房檐上,老鼠就把它啃了。"

其他人对此回答说:"还真有这种事呀!"

七岁儿的父亲回到家,对女儿说起此事,问她的看法。

女儿说:"这不可能!老鼠不会啃铁器,那是锈坏的。"

到了下个星期,七岁儿的父亲去对大伙儿说了女儿说的话。大家动了一番脑子,都觉得她说得在理。

可七岁儿还叫父亲问他们,世界上什么东西跑得最快,什么东西最肥和什么东西最可爱。

有一个人说:"我有一对猎犬跑得最快。"

另一个人神气活现地噘起了嘴,说:"我有一对羊养得最肥。"

第三个人拿腔拿调地说:"世界上数我的女儿最可爱。"

父亲把这些话都转告了七岁儿,可她又对父亲说:"爸爸,你去对他们说,他们说的统统不对。世界上就数眼睛最快,它们一眼就能看见丛林后面和河对岸的事儿;马跑得再快,鸟飞得再快,都不及眼神儿快。世界上最肥的要数土地,它供给周围生命粮食、青草和水分。还有,世上最可爱的是梦,哪怕给你黄金,给你山珍海味,你只要是接连两三天没睡过觉,那黄金和美味对你都不算一回事了,最想的就是睡觉。"

父亲听过以后,把女儿的话告诉了大伙儿,大家都觉得她说得完全在理。这时一个老爷问他:"你家里是谁这么聪明?"

"我的女儿,七岁儿。"

于是老爷说:"既然她这么聪明,那我给你三十个烘烤过的蛋,你带回去给她,让她拿去孵,一个晚上孵出小鸡来,而且要让这些小鸡雏天亮之前长成大鸡,早饭时炸好送到本老爷的餐桌上。"

父亲眼泪汪汪地回家去了,女儿对他说:"爸爸,你哭什么呀?你坐下来,拿这些鸡蛋当饭吃下,然后睡觉,明天早上再说,早上总是比晚上脑子更清醒。"

早上父亲起来,七岁儿对他说:"你到老爷那里去,对他说,让他一个晚上把那座林子里的树全伐倒,把树根刨出来,把空出来的那一大片地和那面陡坡都耕好，种上黄米，让它长大，然后收割、脱粒、去壳，而且这一过程都要保证在天亮前完成，好让小鸡有黄米吃。"

父亲如此照办。

老爷冷冷一笑，说："还确实是，这两件事都无法完成。现在我请你的聪明女儿来我家做客，我倒想看看她是个什么样的人，不过她得照我提出的条件去做……"

父亲又眼泪汪汪地回到家，女儿问他："爸爸，你干吗又哭呢？"

"老爷叫你上他家去做客，但他提出，你既得骑牲口，又得步行；既得光身子，又不能光身子；既得带礼物，又不能带礼物。你说，这么苛刻的条件，我怎么能不哭呢？"

七岁儿让他放心，说："你不要哭，亲爱的爸爸！你不如到森林里去捉一只野兔和一只雌鹌鹑来，再给我牵来一只羊和弄来一张渔网。"

她脱下衣服，披上渔网，手里攥着兔子和鹌鹑，一只腿搭在羊身上，坐好，像是骑在羊身上，另一只脚却又在地上走。这时她对父亲说："你去告诉老爷，让他屋门大开，摆上宴席，而且在为我这个尊敬的女宾摆的席上得有所有好吃的和喝的。"

父亲在女儿前面走，把女儿的话都告诉了老爷。老爷忙收拾了一阵，摆好桌子恭候。

七岁儿终于在门口出现。老爷叫放狗,好叫它们去咬七岁儿。可是,她一走进院子,便放了兔子。所有的狗都去追长耳朵兔子,七岁儿径直地向老爷走去。

老爷一看:她既是步行,又是骑着牲口;既是光着身子,又是穿着衣服——渔网的网眼都很大,里面的身子还能看见。

她来到老爷跟前,说:"你好,老爷,这是我带的礼物!"

她把鹌鹑递给老爷,可等对方刚一想接过去,鹌鹑从她手上一拍翅膀就飞走了。这就叫作既带礼物,又没带礼物。

老爷惘然若失地在房间里走来走去,一会儿坐下,一会儿站起来。他感到很懊恼,因为七岁儿都照他的条件做到了,现在占理的不是他,而是七岁儿。他把客人领到餐桌前,向她介绍菜名和菜价。可七岁儿没在餐桌上看见面包,于是说:"老爷,这不错,那也不错,不过没有面包,这些就都一文不值。"

老爷想了想:还确实是这么回事——不管你吃什么好吃的东西,要不吃点儿面包,肚皮还是感觉不饱。

老爷让人送来了面包,并请她入席:"请坐下来吃午饭吧。"

她坐下,正巧这时有两个人来找老爷打官司。老爷从桌旁站起,问:"你们来告什么状?"

其中一人说:"请您行行好,为我们断了这个官司吧。我们到集上去,母马是我的,马车是这个人的,是我这个亲家的。"

"对,马车是我的。"亲家证实说。

"我们在集市上卸下马,把它绑在马车上,再撒给它一些饲料,然后我们忙着采购去了。可等回来一看,马车下有一只小马驹,把小脑袋伸进车轱辘里。亲家见状说:'瞧,我的马车下驹了。'我对他说:'不!你这是胡说八道,这是我的马下的小驹!'于是我俩打了起来,抓住头发互相推搡。"

这时老爷问:"你说是在哪儿找到的小马驹?"

"马车下面。"

"这么说来,既然小马驹就在马车下面,不用说是马车下的驹,而不是母马。"

两个来告状的人搔搔后脑勺,本已打算离去,可七岁儿坐在那里听了后说:"我的父亲在陡坡上开了一块地。他先伐树,刨去树根,然后耕地,种上黄米。那年黄米的收成可真是好极了,可是狗鱼和丁鲑爬上山来吃了个精光。"

当时在座的还有其他老爷,他们听她这一番话后说:"鱼爬上山去吃黄米,这是不可能的事。"

七岁儿马上接上话茬儿说:"说得对。正因为如此,马车也不会下小马驹,因为它是用一些经伐倒和抛光的木材做成的,难道它能下活马驹?"

这时老爷彻底信服了,认为七岁儿是比自己聪明,还分给她半个庄园,从此由她来给老百姓断官司,因为老爷根本就不会断官司。

善良的何塞

有个人有两个儿子。大儿子何塞被征兵后派到欧洲服役多年,回到家时父亲已经故去,弟弟把全部产业攫为己有,成了个大富豪。何塞上弟弟家去时,弟弟正好从台阶上下来。

"不认识我了?"何塞问。

可弟弟粗暴地回答说:"不认识!"

何塞只好自报姓名。于是弟弟让他去住板棚,还说板棚里有一口木箱,里面是父亲留下来的全部遗产。弟弟交代完后便走开了。

何塞进了板棚,看到一口旧木箱,私下里在想:"我要这破木箱有什么用?倒不如用它来当劈柴生火,暖和暖和身子,屋子里也实在是太冷了。"

他把木箱扛上肩,来到院子里,拿起斧子就劈箱子,突然见里面掉出一张小纸条。何塞捡起来一看,原来是一张别人向他父亲借一大笔款的借据。何塞凭这张借据要回来这笔钱,也成了个大富翁。

有一次,何塞在街上走,迎面走来一个女人,哭得很伤心。何塞问她出了什么事。她回答说,丈夫得了重病,可她没钱给他治病,倒霉的是他还欠了一屁股债,有人要把他送进监狱。

"您不用太伤心。"何塞对她说,"您的丈夫不会被送进监狱的,您的财产也不会被拍卖。他要是死了,由我来付治病的钱和丧葬费。"

何塞果然实践了自己的诺言。可是等那个倒霉鬼死了以后,何塞用自己的钱办完了丧事,身上没剩下一个卢布,因为他把继承下来的遗产都用来做了善事。

"往后怎么办呢?"何塞问自己,"家里可是什么吃的也没有了,我还是到王宫去找个差事干吧。"

他果然到王宫去当了一名侍从。

他工作尽心尽职,很得国王的欢心,官提得很快,后来一直当到首席廷臣。

就在这个时候,他那贪得无厌的弟弟破了产,写信求他帮忙。何塞是个好心人,马上做出反应,去求国王也给他弟弟在宫里安排个差事。国王立即照准。

弟弟开始在王宫里当差,可是他非但不对自己的哥哥感恩戴德,反过来对何塞是国王的宠臣而心怀妒意,图谋加害于何塞。为了实现这一阴谋诡计,他开始搜集各种流言蜚语,得知国王正在对贝莉娅－弗洛尔公主害单相思。国王上了年纪，人又长得难看，所以公主并不爱他，只身躲在林中一座谁也不知道路的城堡里。弟弟去对国王说，何塞知道贝莉娅－弗洛尔住什么地方，还说何塞和她有联系。恼羞成怒的国王叫来何塞，命令他去把公主弄来，否则将绞死他。

可怜的何塞来到马厩，牵来一匹马骑上，打算跑到天涯海角。这是一匹白马，一匹老得不能再老的驽马，只听见马对何塞说道："你去带上三个面包，尽管骑在我背上好了，什么也不要去想。"

何塞听见马在说话，觉得好生奇怪。不过他还是按照马的交代，带上了三个面包，骑马便起程了。

他俩跑了很远，突然看见路上有个蚂蚁窝。这时马开口说话了："你把面包放在这里，让蚂蚁吃了吧。"

"干吗呀？"何塞不解其意，"我们也得吃面包啊。"

"你放下吧，"马回答，"而且要永远把好事做下去。"

他俩又跑了一段路，看见有只老鹰陷在捕网里。

马又对何塞说："你快下去，去把那只可怜的老鹰从网里解开。"

何塞说："可我们得赶时间啊。"

"不要紧。你就照我说的去做吧，而且要永远把好事做下去。"

他们又往前赶路，来到一条河边，看见有条小鱼晾在沙滩上，尽管在拼命挣扎,千方百计想法活命,但总也够不到水边。

白马这时对何塞说:"你下去吧,去把可怜的小鱼捡起来扔到河里。"

何塞回答:"我们可是没有时间啊。我们得赶路!"

可白马说:"什么时候都是有时间做好事的,而且要永远把好事做下去。"

他们终于来到林中城堡跟前,看见贝莉娅-弗洛尔正在喂鸡。

白马对何塞说:"现在我就做跳跃和转体动作,贝莉娅-弗洛尔才爱看呢。她会提出骑上我跑一阵,你就扶她上去,然后我开始尥蹶子,大声嘶叫,她一定会害怕得不得了。你这时就可以对她说,我从来就没驮过女人,得你也骑上去,才能让我老实下来。等你一跳上我的背,我马上就直奔王宫。"

后来发生的一切正同白马说的一样。当他们在全速地奔跑时,贝莉娅-弗洛尔就看出来了,她遭到了绑架。

于是她开始撒麸子,并要何塞把麸子拾起来。可何塞说:"我们要去的那个地方麸子多的是。"

当他们从树底下跑过时,她把头巾从下往上一抛,结果挂在最高的一根树枝上。她要求下马,爬上树去把它弄下来。可何塞说:"我们要去的那个地方头巾多的是。"

他们蹚过一条小河,贝莉娅-弗洛尔把一枚镶嵌宝石的戒指扔到河里,要何塞下马去把它捡起来。可何塞说:"我们要去的那个地方这种戒指多的是。"

他们终于来到王宫。国王看到自己一心爱着的贝莉娅－弗洛尔高兴得不得了。可她把自己反锁在房间里,就是不开门,并且说,只有把她在路上丢失的那三样东西都弄回来还给她,她才开门。

于是国王对何塞说:"真没办法。那都是些什么东西,也只有你知道。那你就骑上马再去跑一趟吧,拿不到那三样东西就别回来,否则我要绞死你。"

可怜的何塞悒悒不欢,把这件事告诉了白马。白马却说:"你别犯愁,骑上我,我们能把它们都找到。"

他俩又上了路,先来到蚂蚁窝跟前。

白马问:"你想把麸子都拾起来?"

"当然啦!"

"那你就去叫蚂蚁来,让它们去帮你弄来。要是麸子已经散落各处,它们可以把从面包中掏出来的东西送来,我看那些东西也不少。"

事情果真如此:知恩图报的蚂蚁跑拢来,在他们面前堆了一堆麸子。

这时白马说:"你瞧,谁做了好事,迟早都会得到好报。"

他们又来到贝莉娅－弗洛尔把头巾抛到上面去的那棵树下。头巾在那棵树的最顶端,像一面旗帜迎风飘扬。

何塞问:"我怎样才能够到它呢?没梯子是万万办不到的。"

白马答道:"你别犯愁。去把你从捕网里解救出来的那只老鹰叫来,它一定能弄下来。"

结果还果真是这样。老鹰飞来了,用喙叼来头巾,交给了何塞。

他们来到流水浑浊的小河边。

何塞问:"要是河水浑得什么也看不见,又不知道戒指掉在什么地方,我怎么能从这么深的河里把它捞上来呢?"

白马回答说:"你别犯愁。去叫你救过的那尾小鱼,它会帮你捞上来的。"

结果还果真如此。小鱼潜入水中,再浮上来,满心欢喜地摇着小尾巴,嘴里含着那枚戒指。

何塞兴高采烈地回到王宫,把弄回来的东西都一一交给了贝莉娅-弗洛尔。可她又说:"在没把将我从城堡里绑架来的那个人投进烧开的油锅里炸之前,我还是不开门。"

残忍的国王答应满足她的愿望,而何塞说,他已毫无办法,看来也只有在油锅里烫死。

郁郁不欢的何塞进了马厩,向白马诉说了所有这一切。

可白马说:"你别犯愁。你骑上我,我去跑上一阵,跑得满身大汗,你就用我的汗去抹你的全身,就是以后把你扔进油锅里,你也会安全无恙。"

　　后来的事情发展得还果真如此。何塞从油锅里出来,变成一个身材匀称的英俊小伙子,让大伙儿大吃一惊。贝莉娅－弗洛尔心里更是觉得纳罕,她不由得爱上了何塞。

　　当年老而丑陋的国王看到了发生在何塞身上的一切,也想自己变成一个美男子,好让贝莉娅－弗洛尔爱上他。他一下子投进油锅,结果却烫死了。

　　这一来大家都拥戴何塞为国王,他还娶了贝莉娅－弗洛尔做妻子。

　　当何塞向白马表示谢意,感谢白马忠贞的友谊和困境中给予的帮助时,白马却说:"你心地善良,慷慨大方,因此得到了应得的奖赏。什么时候也不要忘了给人们做好事,对此你永远也不会有什么可后悔的。"

　　就这样,心地善良的何塞当上了国王,并永远记住这个道理。

一件反缝的蓝色长袍

从前有个魔法师国王，他向全国发出号召："有谁能藏起来让我找不着，我把半个国家给他。"

来了个应召的，那是一件反缝的蓝色长袍。他来见魔法师国王说："我来藏，让你绝对找不着我。"

"好呀，"国王说，"你要藏得让我找不着，我就把半个国家给你。但要是让我找着了，我要叫你脑袋搬家。你签字吧。"

反缝的蓝色长袍签了字，开始藏起来。他先变成一个英俊的哥萨克站在国王面前，后来变成一只黑貂从王宫里跑过，又变成一只白鼬爬出大门，最后变成一只灰兔在田野上一阵疾跑。既然跑了，就跑到底吧。他跑到一个遥远的国家。这个国家有个大草原。他跑到草原上，变成三朵不同颜色的小花。

第二天，国王起来后看了一眼魔书，说："他曾变成一个英俊的哥萨克站在我面前，后来变成一只黑貂从王宫里跑过，又变成一只白鼬爬出大门，最后变成一只灰兔在田野上一阵疾跑。他跑到一个遥远国度的大草原上，变成三朵不同颜色的小花。"

国王叫来侍从，命令他们到那个国家去，从草原上采回来那三朵不同颜色的小花。

侍从们去了。他们一路跋涉，终于来到大草原，采下那几朵花后用手绢包好，带回去呈给国王。

国王打开手绢，笑着说："怎么样，反缝的蓝色长袍，你躲过我了吗？"

反缝的蓝色长袍变成一个人，说："陛下，让我再躲一次吧。"

反缝的蓝色长袍先变成一个英俊的哥萨克站在国王面前，后来变成一只黑貂从王宫里跑过，又变成一只白鼬爬出大门，最后变成一只灰兔在田野上一阵疾跑。既然跑了，就跑到底吧。他跑到一个遥远的国家。那个国家有一大片沼泽地，上面是青苔，下面是湖水。他穿透青苔，变成一尾河鲈，在湖底刨了个坑，藏了起来。

早上，国王起床后看了一眼魔书，说："他曾变成一个英俊的哥萨克站在我面前，后来变成一只黑貂从王宫里跑过，又变成一只白鼬爬出大门，最后变成一只灰兔在田野上一阵疾跑，跑到一个遥远的国家，变成一尾河鲈，在一片长满青苔的沼泽地里藏了起来！"

国王命令侍从们跑到遥远的国家去，淘干那片长满青苔的沼泽地，抓住河鲈。

　　侍从们遵命淘干了沼泽地,撒下大渔网,捉住了河鲈并用手绢包起来,带回去呈给国王。

　　"怎么样,反缝的蓝色长袍,你第二次躲过我了吗?"国王忍俊不禁。

　　反缝的蓝色长袍变成一个人,说:"陛下,让我再藏一次。"

　　国王表示同意。

　　反缝的蓝色长袍先变成一个英俊的哥萨克站在国王面前,后来变成一只黑貂从王宫里跑过,又变成一只白鼬爬出大门,最后变成一只灰兔在田野上一阵疾跑。既然跑了,就跑到底吧。他跑到一个遥远的国家,那里有一棵好大的橡树。这棵橡树树根在地里,树梢却插入云霄。他爬到树上,变成一根小针,藏在树皮里面,待在那里一动不动。

　　这时,飞来一只叫纳盖的小鸟,嗅出树皮里面藏着一个人,于是问道:"是谁在里面呀?"

　　"是我。"反缝的蓝色长袍回答。

　　"你干吗要藏到里面去呢?"

　　"是这么回事:我自告奋勇同魔法师国王捉迷藏,但都没藏好。"

　　"我来帮你藏,怎么样?"

　　"好呀,好心的小鸟。我将一辈子都感激你。"

　　小鸟纳盖把反缝的蓝色长袍变成一根小羽毛,夹在翅膀下面,直飞王宫,将其放入国王怀里。

早上,国王起了床,洗过脸后看了一眼魔书,说:"他曾变成一个英俊的哥萨克站在我面前,后来变成一只黑貂从王宫里跑过,又变成一只白鼬爬出大门,最后变成一只灰兔在田野上一阵疾跑,跑到一个遥远的国家。那里有一棵好大的橡树,其根在地里,树梢却插入云霄。他钻到树皮里面,变成一根小针藏在那里。"

国王命令侍从们锯倒橡树,劈成柴烧掉。

侍从们遵命而行,可没能找到反缝的蓝色长袍。他们回来对国王说:"没找到反缝的蓝色长袍。"

"怎么会找不到呢?"国王大为恼火,"这不可能!"

"找不到就是找不到嘛。"侍从们说。

国王走出来,站到台阶上,大声喊道:"反缝的蓝色长袍,你出来吧!"

反缝的蓝色长袍回答:"你召集你的将军,我就出来。"

国王听见反缝的蓝色长袍的声音,却不知道来自何处。他转过身来,转过身去,到处都看看,可反缝的蓝色长袍仍不见踪影。

唉,无奈之下,国王召集了全体将军,然后来到台阶上,又喊道:"反缝的蓝色长袍,你出来吧!"

"不,"反缝的蓝色长袍说,"你得先当着将军们的面立下给我半个国家的字据,我才出来。要不你会骗我,我了解你的为人!"

尽管国王很不情愿,但还是得交出半个国家。等他刚当着将军们的面在圣旨上盖上玉印,一根轻飘飘的羽毛从他怀中飘出,旋即变成一个英俊的哥萨克。

"我来了!"反缝的蓝色长袍说。他抓起圣旨,赶紧塞进兜里。

就从那时起,魔法师国王再也不捉迷藏了。

小男孩智斗老妖婆

从前有一个老妖婆,她满世界走来走去,到处找年幼的孩子,然后把他们吃掉。有一次,她在树林中走,在一个山脚下的林中空地上看见一个牧童在放一群羊。牧童是个长得俊秀而健康的男孩儿。

老妖婆向他走去,说:"愿你长寿,孩子! 劳驾你从这棵树上给我摘些果子下来。"

"我不会爬树,怎么能够着它们呢?"小男孩回答。

"你可以一只脚站在枯枝上,用一只手去抓住青枝。"老妖婆说。

小男孩听从了她的话,爬到树上去后照老妖婆的指点行事。可当他的一只脚刚踩到一根枯枝上,树枝马上就折了。这时老妖婆正张着个大口袋站在树底下,小男孩正好落入口袋中。老妖婆赶紧把口袋捆住,往家赶。

小男孩有点儿分量,而且路是上坡路,老妖婆累坏了,很想喝水。她看见旁边有条小溪，便把装有小男孩的口袋放在路上，自己喝水去了。

这时走过来一个人。小男孩听见脚步声，于是在口袋里喊道："救命啊！救命啊！老妖婆抓住了我，想把我吃掉。把我从口袋里放出来吧！"

过路人解开口袋。小男孩爬了出来，并往口袋里装了一个大马蜂窝。老妖婆喝完水回来，扛起口袋便往前走。

她回到了家。女儿出来迎接她，并问口袋里是什么东西。

"我给你弄来了鲜嫩的肉。"老妖婆回答，把口袋交给女儿。

女儿想马上解开口袋。

"不，不！"老妖婆大声叫道，"你扛到里屋去，到那里再解开，要不肉都跑掉了。"

女儿把口袋扛进屋，解开后开始往外抖。马蜂从口袋里飞出来，扑向她，蜇她。女儿惊叫着奔向母亲。

"出什么事了？"老妖婆问。

"你难道没看见马蜂把我蜇了个遍！"女儿诉苦道，"可你还说给我弄来了鲜嫩的肉哩。"

老妖婆明白了：她上了牧童的当。

第二天，老妖婆又拿上口袋出了门，而且又遇上了那个牧童。

"孩子，"老妖婆对他说，"我饿了，你上树去帮我摘几个果子吧。"

"我不去。"小男孩说,"你这个老妖婆,昨天来过这里。"

"没有,孩子,不信你看,我镶的是金牙,昨天的那个老妖婆没有金牙。"

"我不会爬树,还会再掉下来的。"

"你别害怕。"老妖婆说,"你可以双脚踩在青枝上,再用双手去抓住枯枝。"

小男孩爬上了树。可树枝马上就折了,只见他哗啦啦地往下掉,直接掉进老妖婆的口袋里。

老妖婆大喜过望,说:"这次我再也不会把这么美味的猎物放走了!"

老妖婆把口袋扛上肩,要把小男孩扛回家。

路从一个村子边上经过,老妖婆有事得进村去走一趟。路边不远处有个庄稼汉在耕地,老妖婆请他看好口袋,自己便进村去了。

小男孩等了一会儿,待老妖婆走开后,大声叫道:"喂,庄稼汉大叔,把我从口袋里放出来吧!我帮你耕地,还帮你往地里上肥。"

庄稼汉把他放出来,小男孩往口袋里塞满了土疙瘩和石块。

老妖婆回来,把口袋扛上肩,再往前走。口袋里的石块硌得她的背生疼。

"可恨的小男孩!看来他是用小膝盖顶住了我的背。你等着吧,待会儿就进我的锅了!"她小声地骂道。

　　老妖婆回到了家。她的女儿解开口袋后一抖,抖出来的全都是一些土疙瘩和石块。老妖婆气得把牙咬得咯咯响。

　　"这小家伙又溜了! 不过你等着吧! 今天你能从我的手上逃走,明天我一定要把你吃掉!"

　　第三天,老妖婆又找到了那个牧童。

　　"孩子,帮我上树去摘几个果子吧!"

　　"我不去!"小男孩笑了,"你又不是第一次上这儿来。"

　　"不,"老妖婆说,"你错了。我可是你母亲的亲戚啊。"

　　"我不会爬树,"小男孩在软磨硬泡,"要不又会摔下来的。"

　　"你不会摔下来,"老妖婆还在坚持,"我在下面扶住你的腿。"

　　小男孩爬上了树。老妖婆猛一拉他的腿,把他塞进口袋。不管小男孩怎么叫唤,她牢牢地捆好口袋,往家里走去。

　　这次老妖婆一路上哪儿也不停。她回到家,把口袋交给女儿,说:"喂,这次我可把他带来了。咱俩今天来吃个够。你先去做饭,我一会儿就回来。"

　　老妖婆走了,女儿解开口袋,把小男孩放了出来。小男孩一个劲儿地用甜言蜜语向她献殷勤,最后说:"你大概捣米也捣累了,我来帮帮你的忙吧。给我杵,你把米从臼里弄出来。"

　　他从她手里接过杵,开始捣米。等老妖婆的女儿向臼弯下身去,小男孩用尽全力用杵猛击她的脑袋。老妖婆的女儿倒在地上,小男孩撒腿便跑回了家。

老妖婆回到家,看见女儿死在臼旁。这时她才知道什么叫母亲的痛苦,这次她才有了亲身的体验。她放声大哭,伤心的眼泪仿佛都要使她背过气去。就从那天起,老妖婆不再抓孩子来吃了。

执拗的丈夫

从前,有一对夫妻。妻子很勤快,也能干活,丈夫却是个懒汉和二流子。由于他的懒,他们经常吵架。最后妻子实在忍无可忍,对丈夫说:"喂,当家的,这样下去可不行。为什么你从早到晚都待在屋里,啥事也不干,从不到外面去,也不出去透透气?"

"我在外面没事可干。"丈夫回答,"我的父亲给我留下了遗产,有牛,有羊。牧人给我送来牛奶、羊毛和钱,我们的日子过得挺滋润的。至于家务活,像做饭、洗衣服、缝缝补补和纺线,这都应该是你干的。"

"难道圈里的那头牛犊也该由我来饮水?"妻子问,"往后我坚决不干了。你要想饮,你就去饮它好了!"

"那我干吗要把你娶进家里?"

"你娶我是为了让我干家务活,服侍你,可不是为了让我还去饮牛犊。"

"不,我娶你来是为了让你干我派给你的所有活儿。只要我一

122

叫你,你就得马上到。即使是我叫你从屋顶上往下跳,你也不能有半点儿犹豫。俗话说得好:'丈夫是妻子的上帝。'丈夫不管叫干什么,妻子都得愉快地去干。"

"不,这永远也办不到!"妻子回答。

他们就这样为一头牛犊吵得天翻地覆,最后做出决定,今天妻子最后一次饮牛,明天谁第一个开口说话就该谁饮。

第二天,妻子一大早就醒了过来。她叠好被子,扫干净院子,做好早饭,但在此过程中一句话也没说。丈夫也起了床。他看见妻子干完了所有的活儿,就坐下来吃早饭,也是一句话都不说。妻子担心和丈夫待在家里,会不得已说出什么来,便戴上面纱,门也不锁就上女邻居家串门去了。

我们现在暂且把妻子放在一边,先来看看丈夫。

妻子走后,丈夫在门口坐下来。这时来了个叫花子,求他给一片面包或一文钱。但不管对方怎么求,他就是一声不吭。叫花子以上帝的名义再一次求他给些施舍。他看见主人活得好好的,身体没什么毛病,眼睛定定地望着他,可就是不答话。

于是叫花子想,没准这家的主人是个聋子。而丈夫私下里却嘟哝道:"这是妻子故意安排的,好让我开口说话。我只要一说话,她马上就来说:'你快去饮小牛吧!'就是地要升空,天要塌下来,我也不能开口!"

叫花子没等到主人回话,便径直进了屋,把随身带的口袋放在地板上,把能找到的饼子和黄油都收拢来,放进口袋里,然后走开。丈夫把这些都看在眼里,可就是不说一句话,担心会叫他去饮牛犊。

叫花子走了。他走后不久来了个剃头匠。剃头匠看见屋门口坐着一个人,于是问道:"要不要我来给你理理头或刮刮胡子?"

丈夫不搭理。剃头匠心想:"他要是不想理,就会说话了,就是说还是想理。"他走近把镜子送到丈夫面前,说:"是想让我给你刮去胡须,还是给你卷发?"

丈夫还是什么也没回答。

剃头匠磨磨剃刀,把丈夫的胡须刮得干干净净,使脸变得如同手板一样溜光,后来还给他做了一绺绺卷发,然后伸手向他要钱。到了这个时候,丈夫还是一声不吭。

剃头匠一而再地向丈夫要钱,还是没听到答话。于是他说:"你还别装聋,快给我劳动的报酬吧。"

丈夫依旧不搭腔。剃头匠把手伸进他的衣兜里,从里面掏出钱,收下后便离开了。

剃头匠前脚刚走,又来了个卖美肤粉的妇人。她看见一个刮光了脸的男人,便往他脸上擦粉,涂胭脂,然后走开。

这时,有个小偷从一旁走过。他看见门口坐着一个着男装的妇人,涂着胭脂,还擦了粉。小偷走得更靠近一些,问道:"尊敬的夫人,你为什么把门大开,而且不戴面纱坐在这里?为什么你的辫子被铰掉了?"

丈夫一言不发。

小偷更靠近一些,发现这不是个妇人,而是一个男人,是个被人作弄过的男人。小偷拍了他两下头。"叫你不得好死! 你为什么不答话呀?"

丈夫私下里又想道:"我知道,你们都是妻子派来的,就为了让我先说话,好让我从明天起饮牛犊。我可不是那种轻易上当的人!"

一看说话他不搭理,打他也没反应,小偷便进了屋,把屋里都搜索了一遍,将收罗来的值钱东西和细软都装进带来的那只口袋里,扛上肩便走了。

现在再来说说牛犊怎么样了。

可怜的牛犊被圈在圈里,差点儿没被渴死。它用角顶开门,跑到院子中央,哞哞地叫起来。

丈夫心想:"这个狡猾的女人连牛犊也动员上了,让它来叫,好叫我开口说话。既然我对谁都没说话,自然对牛犊也不说。"

妻子这时回到了家,看见牛犊在院子中间。牛犊一见到女主人便朝她跑过去,向她讨水喝。可这时妻子突然发现了丈夫。不过她已经认不出他,还以为是丈夫又娶了个老婆。等走近一些之后,她问:"喂,女人,你在这里干什么呀?"

丈夫顿时来了精神,大声喊道:"你输了! 你输了! 快去饮牛犊吧！"

等妻子明白过来，原来这个刮净胡须、满脸擦了粉和胭脂的人是她的丈夫，心里觉得纳罕，叫了起来："你真该死！你这是怎么啦?! 这是谁给你涂抹的? 谁给你剃掉了胡须?"

她拍了他的脑袋两下，饮了牛犊，进屋后才发现所有的箱子都已打开，里面的东西被洗劫一空。这时她才明白过来，家里来过贼，把他们家的财物都偷走了。

"你是死了，还是睡着了?! 为什么你不喊人?!"她冲着丈夫发出一连串的责问。

"我既没死，也没睡着，"丈夫回答，"但我想这是你派来的，好让他们叫我开口说话，这样一来我就得去饮牛犊了。"

"你这个老顽固就该死！"妻子放了嗓门，"就因为你的拗脾气，你丢失了全部财物，也丢了脸，现在居然还为不该你饮牛犊而沾沾自喜哩! 你说，小偷是不是早就走了? 走的哪个方向?"

"他半小时以前走的，朝哪个方向走我没注意。"

妻子跑去追小偷，牛犊跟在她的身后。

她在大街上问几个正在玩耍的小孩："你们看没看见有个男人扛个包袱从这家出来，后来是朝哪个方向走的?"

"怎么没看见呢? 看见了! 他从村里走了。"

妇人用绳子牵着牛犊，也出了村子。

走过一段路，她发现前面走着一个人，其特征很像偷了他们家的那个贼。她加快脚步,追上了他,甚至还超过了他。

一看见有个妇人牵着牛犊从身边走过,小偷叫她:"小妹妹,你这是上哪儿呀?"

"我是个过路人,赶回城去。"

"你干吗走得那么急呢?"

"因为我是单身一人,所以想趁天还没黑能找到个客栈,免得大半夜在空旷地里留宿。我要是有个保护人,就会走得慢一些了,自己和牛犊也会少受点罪。"

"你要是不反对,那咱们就一块儿走吧。"小偷向妇人提议。

"好呀。"妇人同意。

他俩边走边聊。妇人表现出一种眷眷之情,以至小偷问道:"小妹妹,你没有丈夫吗?"

"我要是有丈夫,就不会孤身一人牵着这头牛犊来到这空旷地方了。"妇人回答。

他们就这样边走边聊,小偷后来还向妇人求婚。他俩决定,进城后就立即去找法官,定出聘金和一旦离婚该付给女方赔偿金的数额,然后两人结婚。他俩海誓山盟一番后,又接着朝前走。

太阳落山前,他俩来到一个村子。小偷对妇人说:"咱们最好上村长家去过夜,并声明咱们是夫妻。"

"太好了。"妇人没有异议,"不过实际上,"她又马上补充,"咱们还不是夫妻,这得等到去见法官之后。"

小偷也没意见。

村长热情地接待了他们,晚饭后给他俩铺了床,小偷睡在房间的一边,妇人睡另一边。半夜时分,等小偷已经鼾声如雷,妇人翻身下床。

她到村长的粮仓,取来少量的面粉,和成面糊,将其中一部分倒在小偷的鞋里,另一部分倒进村长的鞋里。然后她取来小偷的背囊,拿到院子里,再从圈里牵出牛犊,把背囊码在牛犊的背上,出了院子后往家走。

听见门发出响动声,村长的妻子叫醒了丈夫。"门咣啷响了一声,"她说,"你起来去看看吧,别叫我们的客人偷走了什么东西!"

村长想穿鞋,双脚却陷在面糊里。他脱下鞋,把它们扔到院子里,然后赤脚走到门口。看见门开着,他瞅了一眼房间,发现他的两位客人只剩下那个男的。

"喂,大叔!"村长喊。

小偷醒了过来。

"出了什么事?"他问。

"你的妻子弄脏了我的鞋,开门跑了。说不定她还拿走了什么东西。"

"不,她不可能偷东西,"小偷回答,"可有时候她患夜游症。"

这时他才看见背囊已经不见,知道是妇人拿走了。

"我最好追她去。"他对村长说,"可别让她碰上强盗或流浪汉什么的,他们会夺走她的牛犊,把她当奴隶卖掉。"

小偷想穿鞋,不料双脚陷在面糊里。他好不容易才从村长家里出来,把鞋里的面糊清干净,告别了村长,便上了路。当他起身的时候,太阳已经升得老高,妇人已经走完半程。小偷赶紧追她而去。

走了很长时间,小偷远远看见了妇人和牛犊。妇人边走边回头张望,她也看见了小偷。她吓得魂飞魄散,高声叫道:"牛犊啊,都是因为你才引出这一连串倒霉事! 一旦小偷追上我们,就会把我干掉,把你牵走,你以后就是做梦也不会梦见我了。拿出你的勇气来,用角去触敌人的肚皮。注意,他已经追上我们了!"

妇人从牛犊的脖子上摘下绳子。小偷这时已经逼近她们。牛犊来上一段助跑,将角直插进小偷的肚皮,小偷便倒在地上。妇人乐不可支,连连亲吻和爱抚牛犊,然后同它一道回家。等妇人回到家时,太阳还没落山,星星还未闪耀。

家里一切如故。丈夫仍像昨天那样脸上擦着粉和胭脂,坐在那里一声不吭。

一看见男主人,牛犊瞄了一眼女主人,开始向后退,想像触小偷那样冲向他。妇人明白了牛犊的意图,拦住了它。

"可别,我的好牛犊!"她喊道,"尽管他脾气那么拗,但还没做过什么不光彩的事。"

牛犊低下头，回圈里去了。

就从那天起，丈夫开始亲自给牛犊送草和水，直到它长大。

知足与贪婪

从前,有个人死了老婆,不过很快他的女儿就有了凶狠的后母。有一次,后母派小姑娘到河边去洗碗碟。小姑娘用沙擦洗勺子,不小心把它弄折了。后母一看见弄折的勺子,狠狠地捆了小姑娘一耳光,还说:"为什么你不去找你亲妈要一把新勺子来? 滚你的吧,别再让我看见你!"

小姑娘站起来,慢慢向森林走去。她走了很长时间,又饥又乏地走进了密林深处。突然,她看见地上有一只自个儿在熬粥的神奇瓦罐。小姑娘向瓦罐打过招呼后说:"可爱的瓦罐,请让我往前走吧。"

瓦罐回答她说:"先尝尝我熬的粥,然后再过去。"

小姑娘蹲下来,吃得饱饱的,道过谢后再往前走。她在森林里走了好些天,突然看见羊肠小道边有一棵大树。这棵树一边干枯,一边果实累累,而且这棵树自个儿摘果子吃。小姑娘向树问过好,说:"可爱的树,请让我往前走吧。"

树回答说:"先尝尝我的果子,然后再过去。"

小姑娘蹲下来,吃得饱饱的,道声谢后再往前走。

小姑娘又走了很长时间,终于发现一间小破屋。小姑娘进去,看见一个年迈体弱的老太婆。老太婆一身灰,头发白得像石灰,嘴里只剩下一颗牙。小姑娘向老太婆问过好,老太婆问她:"小姑娘,你是干什么的? 从哪儿来,要上哪儿去?"

小姑娘向老太婆诉说了自己的不幸。老太婆可怜她,但不露声色。老太婆从筐里取出一颗又干又陈、被烟熏得黑黢黢的果核,还有一颗米粒儿,叫小姑娘做饭。

小姑娘将它们洗得干干净净,煮好,结果用那颗干果核做出满满一罐细嫩的肉,用米粒儿做出一罐米饭。老太婆吃得打饱嗝儿,说:"谢谢你,孩子! 要没有你,我今天就该饿肚皮了。现在你把吃剩下的晚饭盖好,留给咱俩明天吃。"

这时天黑了下来。老太婆给小姑娘拿来一张草席,说:"你拿去铺在床底下。过一会儿,我的孩子回来,最好别让他们看见你。"她递给小姑娘一根尖尖的竹棍,又说,"天一亮你就用这根竹棍轻轻地拍打我的那些孩子,让他们在太阳出来之前跑进森林,他们就发现不了你。"

小姑娘刚藏好,门大敞开来,小屋里立马挤满了野兽。众野兽都在一张床上躺下,嘟哝道:"咱们屋里怎么有一股人味儿!"

老太婆呵斥一声,吵吵嚷嚷的孩子们顿时安静下来。

半夜一过,鸟儿都醒了。

小姑娘拿过竹棍,用它的尖儿轻轻地拍打野兽。野兽立刻醒了过来,还以为是床上跳蚤太多,所以天还没亮便逃进森林。

这时老太婆叫小姑娘:"到角落里去拿一个蛋来。只是如果有哪个蛋说:'把我拿走吧,把我拿走吧。'你可不能拿它。如果它是求你:'请别拿走我,请别拿走我。'你就把它拿来。"

小姑娘果然照此办了。有一个蛋在吱吱叫:"请别拿走我,请别拿走我。"她就偏挑中这个蛋,把它拿了过来。老太婆接在手里,刹那间蛋变成一只小鸟。

"你唱歌!"老太婆命令它,小鸟果然唱了起来。

等小鸟唱完歌,老太婆马上说:"你该回家了,带上小鸟走吧。"

小姑娘道过谢,踏上回家的路。她走了很长时间,开始觉得有些累了。这时小鸟唱了一首具有魔力的歌,小姑娘忽然看见生母就站在自己面前。母亲递给女儿三个瓦罐和一把勺子,说:"再走上一半路,你就砸碎第一个瓦罐。快到村口的时候,砸第二个瓦罐。第三个瓦罐得到了家门口再砸。到时候小鸟会告诉你该干些什么。都听明白了,我的闺女?"

"听明白了。"

"那你走吧,从此往后你就什么也不用怕了——要知道,我随时都和你在一起。"

母亲说完这句话,便消失得无影无踪。小姑娘哭得伤心极了。她哭了好一会,然后站起来慢腾腾地朝家里走去。她走呀,走呀,走了一半路程,已经筋疲力尽。这时小鸟唱起了自己的歌。小姑娘拿起一个瓦罐,砸碎了它。森林里立刻挤满了人。从人群中走出一个头领,他跪倒在小姑娘面前,说:"从今往后我们一直护送你。你是我们的国王,你的心愿对我们来说就是法律。你下令吧!"

说完,他们便上了路。一些人唱歌,一些人弹乐器,一些人跳舞。路漫漫,人们渐渐地也走累了。这时小鸟又唱起了那支具有魔力的歌。小姑娘砸了第二个瓦罐,她面前即刻冒出一个神奇的村庄:有房子,房子里摆有桌子,桌子上摆满了美味佳肴。人们饱餐了一顿,接着小姑娘说:"好啦,该上路了。"

家终于出现了。小鸟第三遍唱起了歌,小姑娘举起最后一个瓦罐,把它摔在地上。

突然,一些可怕的野兽从四面八方向她扑过来:有狮子,有鬣狗,有蛇,有鹞鹰。它们眼看就要将她撕成碎片,但强有力的士兵眨眼的工夫把它们杀得片甲不留。

回到家,小姑娘恭恭敬敬地将一把新勺子递给后母,然后她一句话也不说,回到了那个神奇的村庄。

从那一天起,后母一直坐立不安。她满心怀恨,妒火中烧,心都快碎了,心眼比蛇蝎还毒。是啊,她怎么能不气愤呢!她在心中早已埋葬了这个丈夫的前妻留下的女儿,而现在她却名声显赫地出现了,而且还拥有万贯家财。周围的人都在谈论这个可怜的孤女的福运。等小姑娘摆起人世间从未见过的豪华酒宴时,后母更是气疯了。她把自己的亲女儿叫来,跺着脚嚷道:"你这个傻女人,看见别人是怎么过日子了吗! 快拿上碗碟到河边去洗。你怎么一把平平常常的勺子也撅不断?"

后母的女儿都照吩咐做了,然后拿上弄折的勺子慢腾腾地向森林走去。她在森林中走呀,走呀,已经疲惫不堪,遍体刺伤。

"唉,我真倒霉啊,太倒霉了!"她哭,"这到底过的是什么日子嘛! 真叫人弄不明白!"

突然,她看见有个大瓦罐架在三块石头上,下面是熊熊燃烧的火焰,瓦罐在给自个儿熬粥。

"瞧我说什么来着?"后母的女儿大声喊道,"莫非这种怪事能常见到吗? 哪有过瓦罐给自个儿熬粥的事? 没说的,我的好运来了!"

她笑得前仰后合。笑够之后,她朝瓦罐飞起一脚,瓦罐啪的一声摔在地上,摔成好些碎片,稀粥漫了一地。

"瓦罐,看来你今天是吃不成晚饭了。"后母的女儿发出一声冷笑。

她又朝前走。她走呀,走呀,又走累了。这时她看见面前有棵大树,该树一边干枯,一边果实累累,树自己在摘果子,自个儿吃。

"真稀奇啊！哪见过这种事呢？我真是太走运了！"

后母的女儿在大树周围堆了好些柴火，将其点燃，然后再往前走，终于来到住在密林深处的那个年迈体弱的老妪的家。老太婆一身灰，头发白得像石灰，嘴里只剩下一颗牙。后母的女儿说："我看你是从来没洗过脸吧？好吧，拿东西来给我吃，而且要新鲜一点儿的。"

老太婆仔细地瞅了她一眼，步履蹒跚地走到一个角落，在一个筐里摸了一阵，交给后母的女儿一个干果核，让她拿去烧饭。她一看是果核，朝老太婆身后扔去，还大声嚷道："你怎么，想取笑我？快把真正的肉拿来！"

老太婆给她送来一整只兔子。后母的女儿炸好，可等她刚一撤火，瓦罐里只剩下一颗干果核。

老太婆给她送来一颗米粒儿。后母的女儿一看见米粒儿，直笑得上气不接下气，朝地上一掼，说："哼，就知道戏弄人，有你好瞧的。快给我送真正的大米来，我都快饿死了。"

老太婆送来一整筐大米。后母的女儿做了米饭，刚想从火上拿下来，看见瓦罐里只剩下那唯一的一颗米粒儿。后母的女儿大怒，把这些净惹祸的瓦罐都砸成碎片，打算走开。老太婆好不容易才留下她过夜。

"你钻到床底下去，"老太婆说，"过一会儿，我的孩子回来，你不要让他们看见。你拿上这根竹棍，等觉得天快亮的时候，就用竹棍去捅床。这样一来,天还没亮我的那些孩子都到森林里去了,他们就发现不了你。"

后母的女儿刚藏好,门就大敞开来,小屋里挤满了各种野兽。他们在一张床上躺下,嘟哝道:"屋里怎么有一股人味儿!"

母亲叫他们别瞎吵吵,他们便睡着了。

当森林中的山鹑用歌声迎来黎明时,后母的女儿拿起竹棍,用尽全力去捅床。众野兽蹿出小屋,跑向四面八方。这时老太婆说:"你该回家了。到角落里去,从那些蛋中给我拣一个来。只是得注意,如果有哪个蛋说:'拿走我吧,拿走我吧!'你就别拿它。如果有哪个蛋说:'别拿走我,别拿走我!'你就把它拿来好了。"

后母的女儿发出一声冷笑。"哈哈!我就那么爱听你的!哪见过那种不收自动送上门来的东西的傻瓜!"她心里这么想着,挑了那个吱吱声叫得最欢的蛋,因为它一直在叫:"拿走我吧,拿走我吧!"

老太婆接过去,说:"你说话!"

蛋却不开口,于是老太婆立刻就明白了,后母的女儿没听她的话。尽管如此,老太婆还是将一把新勺和三个瓦罐当礼物送给她,说:"当你走了一半路程,就可以砸第一个瓦罐;快到村口的时候,砸第二个;到家门口砸第三个。"

老太婆又把自己的告诫重复了一遍,反复交代她不要乱来。后母的女儿根本就不打算道声谢,默默地转过身就离开了院子。

她走呀，走呀，已经走过一半路程，到了砸第一个瓦罐的时候。后母的女儿想起了老太婆的话，实在觉得可笑。"我该听谁的话？"她想，"去听一个从来不洗脸、连一点儿规矩也不懂的老东西的？我就从最后一个砸起。"

她举起第三个瓦罐，啪的一声摔到地上。说时迟那时快，也不知是从哪儿一下子钻出来好些可怕的野兽，一只只都扑向后母的女儿，转眼间，她只剩下一堆骨头。

可怜的后母一直在等自己的女儿，等呀，等呀，眼睛都望酸了。她开始一天天变得虚弱，最后在怨恨中死在自己的那间小破屋里。

活　命　水

从前有个著名的头领,有一次他得了重病,大家都以为他必死无疑。所有的亲眷都已来到头领跟前,他的三个儿子都已经在打算痛悼一番父亲。

但此时这家来了一个外乡老人,他问这里出了什么事。其中一个儿子回答说:"我们的父亲快要咽气了。"

"我知道该怎么救他,"老人说,"得去弄些活命水来让他喝,只是这种活命水不容易找到。"

老人突然消失不见了,大儿子却在想:"我一定得去找到活命水,这样我便会成为父亲的宝贝儿子,到时候他就会把王位传给我。"

大儿子走到父亲跟前,请求让他去找活命水。

"不,不,"父亲说,"这条路上充满危险,万一你死了呢? 最好还是我死掉算了。"

但大儿子还是坚持要去,最终他得到了父亲的首肯,带上水壶就上路找活命水去了。他走了很长时间,但所到之处都见不到活命水。

一天,大儿子从林中小径上走过,碰见一个小矮人。

"你这么急急忙忙是要上哪儿去呀?"小矮人问。

"这关你什么事?"小伙子回答,"我都不想理你!"

他把小矮人推到一边,往前走去。他哪里知道,世界上竟有小矮人王国,而眼前的这位就是小矮人王国的头领。

小矮人的头领气不打一处来,决定教训这个无赖。他用魔法把小路弄成弯弯曲曲的,把它搞乱,使之变窄。老大越往前走,小路越变越窄,树丛越来越密,后来他只有匍匐着艰难地在密林中穿行。但藤藤蔓蔓缠住了他,最后他只有像个死人一样一动不动地躺着。

亲友们等大儿子等了很长时间,最后才想到他可能出了事。头领的二儿子又起程了。他只想,到现在老大也没能把事办成,那就该他来继承父亲的权位了。

二儿子来到他哥哥前不久走过的那条小径上,也碰上了那同一个小矮人。

"你这么急急忙忙是要上哪儿呀?"

老二同样揶揄了小矮人一通,把他从小径上推开,只顾着朝前走。可过后不久,他也同老大一样,被藤藤蔓蔓死死地缠住而动弹不得。

现在是小儿子拿着水壶上了路。他在想,应该去救助两位失踪的哥哥,帮父亲去弄来活命水。老三也碰见了小矮人的头领。

"你这么急急忙忙是要上哪儿呀?"

老三说了说父亲的病情,还说了只有活命水才能救父亲的命,并且请求对方给予帮忙。

"你同我说话表现得很得体,"小矮人笑笑,"不像你那两个哥哥那样粗鲁无礼,所以我决定帮你的忙——给你一根魔棍,它会把你带到有活命水的地方去。活命泉就在专司森林、野兽和野禽的神——康涅的家里。我还会给你三个芋头。你一手拿着芋头,一手拿着魔棍,就这么进他家去。你用魔棍敲三下墙,在你面前就会打开一扇门。你在里面会看到两个怪物。但只要它们一张开嘴,你就扔给它们吃的,它们就老实了。这时你得赶快用水壶去装活命水,再赶紧往回走,因为正半夜的时候门要关上,那你就出不来了。"

老三谢过小矮人,收下他送的东西,继续往前赶路。老三走了很长时间,最后终于来到康涅家门口的那块奇妙的土地上。他用魔棍敲了三下墙,面前打开一扇门。他进到屋里,看见两个怪物。它们刚张开大嘴,老三就扔给它们吃的,怪物便老实了。他再往里走,看见了几个年轻头领。他们送给他一柄战锤和一个芋头。后来老三还看见一个漂亮姑娘,他立刻就爱上了她。

"等到一定时候,我们会再度重逢,结成夫妻。"大美人说。

　　她带老三找到了活命泉,还叫他抓紧时间。老三盛满了水壶,正好在半夜时分出了康涅的家。

　　老三满怀喜悦地踏上了归程,一直盼着能再度同那个小矮人相见。小矮人的头领好像猜中了他的心思,很快便出现在他的面前。老三把事情的经过都一五一十地告诉了小矮人,问他自己该付多少报酬。但小矮人的头领不要报酬。于是老三鼓足勇气说:"我还能求你再帮我办一件事吗?"

　　"你是个有分寸的人,对我很尊重。"小矮人说,"你说吧! 说不定我能帮你这个忙。"

　　"在没找到两个哥哥之前,我不想回家。请你帮我找到他们!"

　　"他们成了两具僵尸,就躺在森林里。"小矮人的头领回答,"你要是把他们找到,只会给自己添麻烦。他俩恶得很。最好还是让他们躺在那里吧。"

　　但心地善良的老三仍坚持要找到两个哥哥,小矮人只好告诉他那条小径。老三找到了大哥和二哥,并往他俩身上洒活命水,使他们活了过来。老三告诉他们,他是怎样找到活命水,又是怎样遇到了一个答应嫁给他的大美人,说得两个哥哥顿生妒意。

　　在回家的路上,三兄弟来到了异国土地。当时该国的最高首领正在同叛匪交战,土地遭到践踏,人们在挨饿。老三可怜这些人,把从康涅家里带来的一部分食品给了他们。人们吃了这些食品,一个个都变得力大无比。老三还把战锤借给首领,让他使用一段时间。很快,叛匪被消灭,这片土地上又恢复了安宁。后来老三还把另外两位首领救出了困境。

最后,三兄弟终于登上了故乡土地的海岸。到这里后他们躺下来休息,但两位嫉妒成性的哥哥不能入睡。他们认为,现在他们已经无所顾忌,也不再需要老三的帮忙。他们想弄死老三,但又害怕魔棍,它一定会助主人一臂之力。于是他们把活命水倒进自己的水壶里,给老三的水壶灌满了海水。早上三人继续赶路,当天就到了家。

老三走上前去,把水壶交到父亲手里。重病在身的父亲喝下一口海水,病倒加重了,他几乎都要死去。

这时两个哥哥责怪老三,说他想毒死父亲,并把自己的水壶递过去。父亲喝了活命水,顿时身上长了力气,马上就痊愈了。

首领很生小儿子的气,把他从自己的身边赶走。首领派人把小儿子送到很远很远的森林里去,让他在那里活不成。但押送他的那个人心眼儿好,反帮他找到一个安全的地方躲了起来。

光阴似箭,这时从远方国度来了三个著名的首领,他们带来了丰厚的礼品,因为小弟弟以前助过他们一臂之力。

他们对老首领说,他有一个出类拔萃的儿子,他们是来向老三表示谢忱的。老首领下令把押老三到森林去送死的那个士兵找来,士兵却说老三还活着。老首领马上派特使们去找小儿子。

与此同时,世界上众多色甲天下的姑娘中有一个在到处宣布:如果有人能准确地沿着她的巫师在空中画的线行走,而不致迷路,她就嫁给他。大美人还指定了测试的日子。

老首领派去寻找小儿子的那些特使都听说了大美人的事,等一在那秘密隐匿处找到了老首领最小的儿子,他们当即就告诉了他这一消息。老三马上动身去了大美人所在的国家,他的两个哥哥也去了,但很快就迷了路。因为老三有爱情在指路,所以他径直便找到了姑娘的家。

老三走近大门,大门自个儿打开来。老三曾在康涅的土地上看到的那位姑娘从家里跑出来,一把搂住了他,并派人到处宣布她的心上人找到了。

两个哥哥却误入远方的异国土地,再也没有回来。老三和他的漂亮妻子开始过起了安宁的生活,并公正地统治着所有的土地。他们的臣民一个个都遂心如意,称赞首领和他的妻子品德高尚、智谋超人。

谁的宝物最好

有个亲王有许多稀罕的宝物:大胡子狮子的角,鱼的肚脐,天狗的扇子,雷神卡米那利的兜裆布……应有尽有!

亲王对这些宝物引以为豪,不过他最感到自豪的是那只金公鸡。虽说它是由纯金做成,但看上去完全像一只真正的公鸡。每天天刚破晓,它都要喔喔喔地叫上三遍。

把宝物拿出来欣赏是亲王最大的享受,他对自己尤为喜欢的珍品更是随时都玩赏不疲。

亲王有八个贴心侍从。作为亲王的侍从,他们每人也有自己的宝物,都是一些他们引以为豪的珍品。

有一次,亲王把这些侍从叫来,对他们说:"你们听我说,明天晚上我要举办宝物展览。你们都带上自己的珍品到城堡里来。谁的宝物最好,他将获得丰厚的奖赏。"

侍从们一个个欣喜若狂。

"宝物展览? 太有意思了!"

"我一定会拿到奖赏!"

"哪能是你呀? 是我!"

他们边聊边各自回家。

转眼到了第二天的晚上。亲王拿出金公鸡,等候侍从们带上他们的宝物前来。

很快来了第一个侍从,他带来的是龙眼石。

第二个侍从带来的是一个小小的颅骨。"这是小牛的颅骨。"他不无自豪地说。

第三个带来的是妖怪的手电筒。

第四个——獾的胃;第五个——为麻雀缝制的皮鞋;第六个——原鸽的翅膀和爪子;第七个——为聋子制作的人造耳朵。

七个侍从都带上自己的稀罕宝物来了,他们在等候第八个侍从,可他迟迟不露面。

"他在哪儿? 出什么事了?"

"没准是他没有什么值得展览的东西!"

"所以他就没来! 真可惜。不过……"

当七个侍从聊得正起劲时,第八个侍从终于到了。他恭恭敬敬地向亲王鞠了一躬。

"我来迟了,没有什么可辩解的。"

"你等一会儿再道歉吧,先让我们看看你带来了什么宝物。"

"是啊,是啊……只是我没有什么可称为特别的宝物。我不知道今晚该带些什么来,就带来了最最普通的东西。"

"哈!……最最普通的? 这是什么东西呀? 快拿出来让大家看看!"

"我宝物放在城堡的大门外了。"

"那你就快去取来呀!"

"好,好,我就去!"

第八个侍从走了,不过很快就带来了自己的宝物。这是四个听话的小男孩和四个漂亮的小女孩。孩子们彬彬有礼地向亲王鞠了一躬。

整个大厅顿时因这一张张兴奋的孩子脸孔平添了不少光彩,而亲王的金公鸡和其他侍从的珍奇物件马上黯然失色。

"嗯……"亲王叹了口气,说,"实际上,这应该是最出色的宝物。一个个活泼可爱的孩子! 尽管是那么普通,可我们的珍奇古玩跟他们比起来就成了一文不值的破烂货。我真羡慕你,因为你有全俄罗斯最值钱的宝物——孩子。算你赢了。头奖应该属于你。恭喜了! 恭喜了!"

别的侍从听了这一席话,羞愧得无地自容。他们把头垂得很低,久久都不敢抬起来。

鳄鱼的眼泪

从前,有个人搬到树林里去住,搭起一个棚子,开始以打猎为生,每天都能猎到不少猎物。可过了一年、两年,周围的野兽全跑光了。如今猎人要想不致空手而归,得在树林里转悠很长时间。

有一次,猎人沿着林中小径瞎晃了两天,却连一只老鼠也没碰着。突然,猎人看见灌木丛中有一只鳄鱼,显然鳄鱼是爬到离河流很远的地方,在一座没来过的树林里迷了路。

猎人为这意外的发现而无限欣喜,端起枪来向鳄鱼的脑袋瞄准。

"别向我开枪!"鳄鱼哀求道。

"为什么我不向你开枪? 我的子弹都已经上膛。我的枪法很准,还从来没放跑过任何猎物。"

猎人又端起枪。

鳄鱼哭了起来:"求你别杀了我! 我求你了!"

猎人缓缓地放下枪,对鳄鱼说:"我在树林里走了整整两天两夜,既没遇见过野兽,也没遇见过野禽。我要是不杀死你,不能带肉回家,我一家就会饿死。"

"饶了我一条命吧!"鳄鱼在苦苦哀求猎人,"我还很想活啊。我嗓子里干得都在冒火,可我自己已爬不到河边。请你把我弄到河边去吧,我会重谢你的! 我在河底藏有许多金银珠宝。"

猎人想了想,说:"行啊,我不杀死你,只是你可别忘了得酬谢我。可是我怎么把你带到河边去呢? 你可是沉得要命!"

"我求你了,救我一条命吧!"鳄鱼一再哀告,大滴大滴的泪珠从眼睛里滚出来,"你放心,我会付给你钱的。你就想个法子吧,慢慢儿地,可以一段路一段路地运……"

"好吧,"猎人同意,"就这么来,把你送到河边。只是担心路上你可别把我吃了,瞧你的嘴有多大啊!"

"别担心嘴,你就担心牙吧。"鳄鱼回答,"要想让我吃不了你,可以在我的嘴里撑一根大木棍,再用绳子把嘴捆起来。"

"还有,你的爪子也很有劲!"猎人不以为然,"反正背你走很可怕。"

"不要害怕爪子,倒是得留心指甲。"鳄鱼又答道,"为了以防万一,你可以用绳子把我的爪子绑起来,我就抓不了你啦。"

猎人往鳄鱼嘴里撑起一根棍子,用绳子把他的嘴捆得死死的,再绑住他的爪子,然后往背上一背。

"谢谢! 我就知道你有一副好心肠!"鳄鱼感动得唏嘘泪下。

就这样,猎人背着他穿过树林向河边走去。

他走得很慢,还不时地停下来。背负这么重的东西可不是闹着玩儿的!猎人已经大汗淋漓,腿都直不起来了,可他还在走呀,走呀,一直在朝前走。

终于看到了河。

"我累了,再也背不动你了。"猎人重重地吐了口气,"让我来把你解开,你自己爬去吧。"

但鳄鱼又求起了猎人:"我求你了,请你把我背到再靠近河边一些的地方!我一点儿力气都没有了,而且还渴得要死。再加上我的爪子被绑的时间太长,都麻木了。"

实在没办法,猎人叹了口气,又背起鳄鱼朝前走。他把鳄鱼背上河岸,放在水边。

"喂,可以了吧?"猎人问。

"还不行,请再把我背到水深一点儿的地方!"鳄鱼回答。

猎人把枪放在岸上,把鳄鱼拖进河里。现在水已经没过猎人的膝盖。

"这里可以了吧?"

"还不行,"鳄鱼回答,"还早着哩。"

现在河水已经齐猎人的腰。

"那现在呢?"

"不行,"鳄鱼又说,"这里还是太浅。"

等河水已经没过猎人的脖子,他停了下来,问:"怎么样? 该行了吧? 再往前我可就不行了,怕就淹死了。"

"好吧,到这里正好!"鳄鱼认可,大滴大滴的眼泪从眼眶里流出来。

猎人给鳄鱼松绑,说:"我满足了你的请求,帮你保了命,这么热的天把你送到了河里。我不容易啊! 可我是个穷人,我有一大家子人靠我养活,你得重谢我才是。"

"请你放心!"鳄鱼点点头,"我马上就重谢你,从今往后你就不会再受穷了! 我要把你吃掉! 难道你不知道什么叫以怨报德? 难道你不知道什么叫鳄鱼的眼泪? 我们哭是打算吃像你们这样的笨蛋。哈——哈——哈!"

"我不知道鳄鱼什么时候哭,"猎人回答,"但我知道你这样做不道德。你不管去问谁,以德报德才是正路!"

鳄鱼和猎人争执不下,决定去问来到河边的头三只野兽,由他们来判断谁是谁非。他们怎么说,就怎么办。

他俩在河岸下藏起来,开始等候。

很快来了一只瞪羚。

"你是什么人?"鳄鱼问。

"我是瞪羚!"

"你到我的河岸上来有什么事?"

"我都快渴死了,"瞪羚回答,"让我喝口水吧。"

"不许你在我的河里喝水!"鳄鱼一声吼,"但是,就看你怎样回答我的问题,我要是高兴了,没准会让你喝。"

"你要问我什么问题呢?"瞪羚觉得有些不可思议。

于是鳄鱼开始谈起自己怎样爬到离河很远的地方去找吃的,又怎样迷的路。

"猎人发现了我,曾想一枪把我打死,但我哭了起来,劝他留下我一条命,把我送到河里水深的地方,为此我答应给他酬金。他却不懂得什么叫鳄鱼的眼泪,不懂得人们什么时候都是以怨报德。所以当我说要吃掉他,他说这不道德。你给我们评判一下吧!你要是说我对,就可以在河里爱喝多少水都行!"

瞪羚渴得嗓子直冒烟。他看了一眼猎人,对鳄鱼说:"你可以吃掉这个人。他用自己的火枪打死了许多野兽,不过今天他的大限也到了。他应该知道什么叫鳄鱼的眼泪!"

"你听瞪羚说了些什么吗?"鳄鱼喜不自胜。

"听见了。"猎人愁眉不展。

瞪羚喝够了水,跑开了。鳄鱼和猎人在河岸底下留下来等另外两只野兽,让他们来评判。

过了不一会儿,一只胡狼来到河边。胡狼刚一下到水边,鳄鱼便叫住他:"站住,你是什么人?"

"我是胡狼。"

"你要在我的河岸上干什么?"

"我来喝水。"

"先回答我一个问题,然后让你喝个够。"鳄鱼说。

他给胡狼说了是怎么回事,然后问:"我能吃这个人吗?"

"你既然饿了,当然可以吃。"胡狼说,"这有什么拿不定主意的?! 也好让他知道什么叫鳄鱼的眼泪!"

"怎么样?! 听见了?"鳄鱼乐不可支。

"听见了。"猎人有气无力地说。

胡狼喝足了水,快步跑进树林。

猎人和鳄鱼用了很长时间来等第三只野兽,可再也没有谁来到河岸上。

"我饿得实在没劲儿等下去了!"鳄鱼发出一声咆哮,"我现在就吃掉你! 你也亲耳听见瞪羚和胡狼说了些什么,任何一只野兽要跟你说的也就是这些。我们这只是在白白浪费时间……"

然而猎人还在坚持自己的意见:"只要第三只野兽说你是对的,那时候你再吃掉我好了,咱们还是等等吧!"

终于,一只兔子从树林蹿到河岸,环顾一下四周,跑到河边刚想喝口水,忽然听见鳄鱼嘶哑的声音:"站住! 你是什么人?"

"我是兔子!"

"你来到我的河岸上干什么?"

"来喝水。这段时间我一直在这里喝水。"

"今天我就不让你喝!"鳄鱼大声呵斥,"不过你还是先回答我一个问题吧。"

接着鳄鱼从头讲述了事情的经过。兔子仔细听了一遍,说:"你得让我先喝,然后我再回答你的问题。我渴得嗓子里直发痒,而且还担心要是答得不对,你不让我喝。可作为一个法官,是不应该有什么顾虑的!"

鳄鱼想了想,还是同意了。

"好吧,你喝! 我想让你毫无顾忌地回答我,我要是饿的话,有没有权利吃掉这个人。"

兔子喝足了水,抖去胡须上的水珠,对鳄鱼说:"我本来想回答你的问题了,但在河边我不能做出公正的判决。你只有上岸去,爬到离河岸远一些的地方。"

"为什么你不能在这里给我们做出判决?"鳄鱼觉得莫名其妙,"是不是水声妨碍你思考问题?"

"不是,不是因为这个! 我爷爷在河岸上给你爷爷和另外一个人断过官司,结果中年早逝;我的父亲有一次也是在水边给人断案,结果不得好死。就因为这个原因,我早早就成了孤儿。不,我只同意在树林里为你们评判,在离水远一些的地方!"

"好吧!"鳄鱼勉强同意,"不过得让猎人把我背回树林里去,在陆地上我爬起来太吃力!"

"我不敢背它。"猎人对兔子实话实说,"你看,它的嘴有多大,爪子多有劲儿!"

"你别怕他的大嘴和利爪,要怕就怕他的牙齿和指甲。"兔子说,"你既然已经把他从树林里背到河边,那就再把他从河边背回树林里去吧,否则我无法帮你们断这个案子!"

"好。"猎人嘟哝道。

兔子扔给猎人绳子和棍子。猎人绑住鳄鱼的爪子,把一根粗棍子伸进鳄鱼的嘴里,并把嘴死死地捆起来,然后将他朝岸边拖去。

等河水齐猎人的腰际,鳄鱼从牙缝间问道:"兔子,你能不能在这里给我们把案断了呢?"

"不!"兔子回答,"你们这可是还在水里,还不是在陆地上。"

等水齐猎人的膝盖,鳄鱼又问:"兔子,现在你能不能说我俩当中谁对?"

"不!"兔子回答,"得等猎人再走远一点儿后说!"

猎人把鳄鱼拉到岸上,捡起枪,将鳄鱼往背上一背,把他朝树林里背去。猎人还没走出三步,鳄鱼又问兔子:"现在该可以给我们评判了吧?我们这可是已经上了岸。"

"不,"兔子回答,"我不能在靠近水的地方给你们当裁判,得等走到树林里再说……"

一直等猎人把鳄鱼背到树林深处,兔子才停下来说:"现在嘛,猎人,你把鳄鱼扔到地上,我马上就跟你们说谁是谁非。猎人!你打死这只鳄鱼!他欺骗了你,差点儿没把你吃了,让你一家没人养活。你打死他！而且往后任何时候都不要相信鳄鱼的眼泪。"

猎人果然一枪结束了鳄鱼的性命。

就从那时起，大家才知道鳄鱼的眼泪价值几何。

三　文　钱

一天,有个穷汉在一条大路边上挖沟,国王正好从这里路过。他问穷汉:"亲爱的,请你告诉我,你干这么重的活一天的工钱是多少?"

"贤明的国王啊,我一天的工钱是三文钱。"

国王觉得纳闷,问他这三文钱怎么能养活自己。

"亲爱的国王啊,有这三文钱我勉勉强强也可以度日了。但是这三文钱中我还得用一文来还账,一文用来放贷,其实我的生活费也就一文钱。"

国王想呀,想呀,绞尽了脑汁,还弄不明白这话的真正含意。于是国王说了实话,承认听不懂他这话的意思。

"这很简单,贤明的国王,"穷汉回答,"是这么回事!我得养活年老体弱的父亲,这就是说,我在还他的账,因为是他把我抚养大的;我还得养活小儿子,这就是说,我在放贷给他,等我老了他再还给我;第三文钱嘛,这才是我的生活费。"

"好呀，要是这样，这不错嘛。"国王很高兴，"告诉你，亲爱的，我有十二名谋士，我开给他们的工资越多，他们越哭穷，都说活不下去了。回去后我要把刚才从你这里听来的这个谜面拿去让他们猜。不过，要是他们来问你，在没见到我的形象之前，千万不能给他们谜底。"

国王说了这番话后，给了穷汉一把金币，便向古堡方向走去。

他一回到古堡，马上叫人把十二名谋士都召集来，对他们说："国家的俸禄都养不活你们，可在我们的国家有这么一个人，他一天的工资是三文钱，其中的一文钱还得用来还账，一文钱用来放贷，只有一文钱是他的生活费，而且活得心头无愧。现在，既然你们一个个那么精明，那请告诉我，这该怎么来理解？我给你们三天的期限，要是在这期间说不出个子丑寅卯来，那我就叫人把你们统统赶出王国，好叫你们别白吃饭不干事。"

这些高官一个个都垂头丧气地拖着步子慢慢地走出古堡，还坐下来一同商量：这是怎么回事呢？个个都自命为智多星，可居然找不出一人能精过一个平头百姓。一天过去了，又一天过去了，第三天早上他们得去见国王，然而他们还不知道谜底。这时有个人悄声说，到哪里去可以找到那个能把他们救出困境的人。他们还果真打听到了穷汉的下落，大家立刻跑去找到穷汉，对他又是强求，又是威胁，千方百计要他说出那三文钱的真正用途。可穷汉毫无惧色，还向他们说了国王的口谕，他们只有向他出示国王的形

158

象,他才能说出谜底。

"实在抱歉,我们怎么能向你出示国王的形象呢?"他们忧心忡忡,"因为国王根本不听我们的话,他不到你这儿来,你也不上他那儿去。不,你还是把实情都告诉我们吧,咱们就没事了。"

"是呀,既然你们自己连这都不知道,那用别人的面粉是烤不出面包来的。"

他们采取了最后一招:答应给穷汉好多好多的金子,给他送来的钱能让他即便得不到国王的赏赐也会生活得很好,条件是他得说出其中的奥秘。可穷汉一言不发。一直等到穷汉把他们嘲弄了个够,说别看他们一个个都是聪明的老爷,可脑子实在太笨,最后他从兜里掏出一枚国王送给他的金币,说:"你们瞧,这就是国王亲自送给我的国王形象。这就是说,我没什么好怕的,我并没违背国王的口谕。而且只要我愿意,就可以把真实情况告诉你们。"说着,他跟他们说了谜底。

谋士们心中大悦,去对国王说了谜底。但国王马上就看出了是怎么回事,下令去传来穷汉,问他:"请你告诉我,像你这样一个老实人,怎么会违背我的口谕呢?"

"我没有违背,贤明的国王。在没看到您的形象之前,我像一块石头那样,一直都没开口说话。这个形象现在也还在我身上,是您亲手送给我的。"说着,他掏出一枚印有国王形象的金币,还说了他同那十二名谋士打过的交道,说他们怎样对他恩威并用,怎样给他钱,他又是怎样地嘲弄了他们一番。

"好吧,"国王对此说,"既然你比我那十二名谋士精明,那就不用再去挖沟了,到我王宫来住吧,开会议事时我俩就坐在一起。至于你们几个呢,"他朝谋士们转过身去,"难道你们不觉得害臊?现在该拿你们怎么办呢?不但不给你们加工资,还得扣除一部分。"

从此,这十二名谋士再也不跑去求国王给他们加薪了。

三句至理名言

从前有个当兵的,他已经在部队服役两年,可还没轮到休假。这个当兵的多么想回家啊,回去看看新媳妇。那可真是个名副其实的新媳妇,因为他是在婚礼宴席上被抓来当兵的。从那时起,他就失去了妻子的音讯,都不知她是死是活。

他服役的第三年爆发了战争。

残忍的敌人来进攻他的国家。在一次战斗中,三个彪悍的敌人扑向指挥官,要不是他及时赶来救援,把那三个人全部劈死,指挥官就会让他们给掐死了。

很快战争结束,指挥官对当兵的说:"你是我的救命恩人!要没有你,我早就长眠地下了!你有什么要求,尽管向我提出来!"

"我什么要求也没有,只求你放我回家,我太想老婆了。"

指挥官是个好人,准了他的假。

当兵的动身回家乡。他走了很长时间,已经疲惫不堪,而且天又黑下来了。当兵的看看四周,发现山包上有一幢小木屋。他走到跟前,敲了敲门。

小木屋里的人还没睡下。当兵的进屋,发现里面有很多人,他被邀请坐下来一起用晚餐。他一边吃着面包夹腌肥油,一边仔细地倾听众人的谈话,逐一地观察他们。

当兵的发现,大家都在说话,唯独有个小老头不吭声。

他以为老头子有病,或者是个聋子,问道:"我们的老爷爷怎么了?"

"没什么。"主人回答。

"那他为什么一直都没开口说话?"

"他是得给钱才说话。不信你给他一枚金币,他马上就会开口。"

当兵的感到很诧异:要给钱才说话,那老头儿会说些什么金玉良言呢? 他听过各种各样的话,唯独值一枚金币的话还没听过。

当兵的身上带有三枚金币,他决定听听老头儿都说些什么。

"老爷爷,"他说,"你随便说些什么吧,我给你一枚金币!"

老头儿把金币放进兜里,然后说:"谁要喜欢什么,他会认为那是件好东西。"

当兵的苦苦思索,想这句话到底值不值一枚金币。最后他想通了,老头儿说的是至理名言。

当兵的又给了老头儿第二枚金币。

老头儿说:"谁要有什么东西,就不要遮遮掩掩。"

当兵的更喜欢这句话,于是又给了老头儿第三枚金币。

老头儿收下后说:"晚上的气最好留到第二天早上再撒。"

当兵的最爱听这句话,但是他再也拿不出一枚金币。

"唉,我要是知道会遇到这样睿智的老人,就不只弄来三枚,而是十枚金币!"他大声说。

"当兵的,你不用为再也拿不出一枚金币而难过,我也再找不出别的所谓金玉良言。"老头儿说,"我任何时候对任何人都是重复这三句话。"

早上,当兵的谢过主人,又上了路。

他很快来到一条小溪边。挨着小溪有一大片花草繁茂的空地,有个如花似玉的姑娘和一头老毛驴在空地上踱步。驴身上的毛全掉光了,耳朵耷拉着,一副老态龙钟的样子。但姑娘在温情脉脉地抚摸它、搂它、亲它。

当兵的捡起一根棍子,想去把毛驴赶走。一个如此美貌的姑娘去亲这么一头老驴,这像话吗?但他突然想起了老头儿说过的话:"谁要喜欢什么,他会认为那是件好东西。"

"也是,既然姑娘觉得毛驴这么可亲,我干吗要去赶它?它又没对我使过坏!就让姑娘跟它玩得开心好了。"当兵的私下里嘟哝道。

可毛驴高声说:"你等等,当兵的!"

等当兵的停下脚步,毛驴来到他跟前,说自己不是真正的毛驴,而是被施过魔法的王子。为了感谢当兵的不笑话他,毛驴给了当兵的一袋金子,因为在此之前,凡是从这片空地上走过的人都笑话他。

当兵的再往前走。这袋金子实在太沉,沉得他两个肩膀发酸。

当兵的终于来到一座黑漆漆的茂密森林。

他还没反应过来是怎么回事,一伙强盗包围了他。

"口袋里是什么东西?"他们问。

当兵的又想起了老头儿的话:"谁要有什么东西,就不要遮遮掩掩。"于是他说:"金子。"

强盗们哈哈大笑,一个个笑得前仰后合。

"你真傻得可爱,当兵的! 你以为我们就会相信你?! 一个穷当兵的,哪来的一口袋金子?"

强盗们放走了当兵的。

当兵的又背着沉重的袋子走了好些天,最后来到了家乡的村口。当兵的高兴坏了。这是不言而喻的事! 因为再过几分钟他就要见到忠贞的娘子!

"好,"当兵的还没迈进家门之前,自言自语道,"我不妨先从屋后的窗户往里瞅瞅。"

可当兵的看到的又是什么呢?

他的妻子把一支枪交给一个英俊的小伙子,然后亲了亲小伙子。小伙子随即开了门走出院子。

当兵的怒火中烧,从刀鞘里抽出长剑,要进去一刀把妻子劈了。可这时他又想起了老头儿的话:"晚上的气最好留到第二天早上再撒。"

当兵的敲敲门,走进了屋。

妻子一看见他,高兴得热泪横流,跑过来搂住他的脖子就是一阵狂吻。

当兵的说,他一路上太累了,需要休息。但他只是合上眼睛,说什么也睡不着。他一直在想妻子把枪交给别人的事,以为妻子背叛了他。

当兵的一大清早就爬了起来,问妻子:"我的枪在哪儿呢,娘子?"

"我昨天给了弟弟,让他拿去藏在一个可靠的地方,要不小偷会偷了去的。我现在就到弟弟家跑一趟,把它取来。"

当兵的喜不自胜,扑上去就吻起了妻子,一直吻到累得吻不动为止。

聪明的巴拉基尔

有一次,差不多全村的孩子都集中到了一起,围住巴拉基尔七嘴八舌地问他:"巴拉基尔,都说你是我们这一带的万事通,这是真的吗?"

"孩子们,根本不是这么回事。世界上就没有一个人敢说他什么都知道。当然,有些事我也略知一二。你们要是问我,知道的我就回答,不知道的我就不吭声。行吗?"

"行!"孩子们异口同声地回答。

其中一个马上提问:"你说,巴拉基尔,为什么住在我们房顶上的鹳在窝里总是单腿独立?"

"这很简单嘛,"巴拉基尔回答,"因为它要是把第二条腿也抬起来,马上就会倒下。"

"那为什么,"第二个孩子问,"我们的老爷爷格纳特头发白胡须黑呢?"

"这也不难解释。头发是老爷爷一生下来就有了,胡须是他满

166

16 岁才长的。这就是说，头发要年长一些，所以白得早。"

"巴拉基尔，"第三个孩子问，"为什么猎人瞄准射击的时候要闭左眼？"

"因为要是他把右眼也闭上，就什么也看不见了。"

"那你说说，巴拉基尔，"第四个孩子问，"天上有多少颗星星？"

"这我可是知道得很准确，"巴拉基尔说，"一共有二百三十万又二百四十五颗。"

"难道你全都数过了？"

"你要不信，自己去数好了。"

"巴拉基尔，月亮和太阳，哪个更重要？"

"照我看，月亮比太阳重要。要是没有月亮，晚上黑咕隆咚的，我们怎么走路啊？"

"要是没有太阳呢？"

"这没什么了不起的。白天要没有太阳，我们也不至于要用手电筒照路，因为本来就很亮。"

"巴拉基尔，据说海里的水是咸的？"

"是的，孩子，是咸的。"

"这是什么道理？"

"这是为了不让海里的鱼腐烂发臭。"巴拉基尔回答。

"请你说说，巴拉基尔，上帝住在哪里？ 在云端上，是吗？"

"这我就说不上来了。上帝从来没请过我上他家去做客,这我怎么能知道呀?"

"巴拉基尔,一个人怎么才能变聪明?"孩子们问。

"这很简单。聪明人说话的时候,你不要去打断他的话,而是要仔仔细细地听。在你自己说话的时候,看见有人在听,你就得注意该说些什么好,可不能胡说八道。你要是做到了这一点,就变聪明了。"

他们坐在那里聊得正起劲,伊万恰过来了。他泪如泉涌,哭得正伤心。

"出什么事了,伊万恰?"巴拉基尔问。

伊万恰从肩上拿下崭新的皮靴,抬起脚,只见血从脚后跟涌出。

"我踩在铁钉上了。"伊万恰呜呜咽咽地回答。

"这没什么了不起的!你还算走运哩。"巴拉基尔说,"你要是穿上皮靴,不给它扎个洞才怪呢,家里准饶不了你。至于脚嘛——脚算什么呀?耽误不了你办喜事。"

"这倒是实情。"伊万恰转悲为喜。

"现在嘛,孩子们,我出个谜语给你们猜。你们好好听着,别打断我。"巴拉基尔说,"是这么回事。有一次,有个老爷赶十二头驴到集上去卖。路很远,老爷走得很疲惫。'我干吗自己走呢?找一头驴骑上,这就省劲多了。'于是他骑上一头驴。他骑在驴背上,不断地用鞭子赶牲口。'我呀,'他想,'来数数驴吧。'他数了一遍——怎么回事:只有十一头。'这可糟了! 看来我是在路上丢了一头。'他从驴背上下来,本想走回去找,但又想:'让我再来数一遍吧。'他又数了一遍——十二头。他乐坏了,骑上驴继续赶路。

"还没走到集市所在的村子,他又数了一遍驴。'怎么回事?十一头——全都在这儿了呀!'他从驴背上下来,又数:'一、二、三……'数到了十二。'这可真是中邪了!'老爷大声地说。

"这时有个农夫从一旁路过。'喂,朋友,'老爷叫他,'你看见有几头驴啊? 我现在数是十二头,可只要我一骑到驴背上,有一头就不知跑哪儿去了。'

"农夫嘻嘻一笑,说:'一共有十三头驴,只是有一头是两条腿。'

"你们看呢,孩子们,一共有几头驴呀? 这两条腿的驴又算是怎么回事呢? 啊?"巴拉基尔问。

最荒诞无稽的故事

从前有个威力无比的国王,他有个天底下最最漂亮的女儿。国王决定,只要有人能说出三个最荒诞无稽的故事,就把女儿许配给他。

很多人都想讨这个美人做妻子,但没有一人能使国王满意,而这些失败者一个个不是被砍去脑袋,就是被吊死在古堡的塔楼上。

那个国家有个叫比恰的牧人。有一次,他把牲口赶回村子,去对母亲说:"母亲,谁要能对国王说出三个最荒诞无稽的故事,国王就把女儿许配给那个人。我想去试一试,该怎么由它去吧,说不定还能把国王的女儿赢回来给你做儿媳妇。"

"我的儿子,你怎么啦?谁会把公主给你呢?"

"怎么,难道我就不是人?是个白痴?"

"别胡思乱想了,孩子。人家反正不会把公主许配给你。"

"为什么呀?"

"你也知道,孩子,有多少蛮不错的人就因为不能使国王满意而被砍去脑袋。那些显贵和满肚子学问的人都杜撰不出没有的事,你怎么就有那个能耐呢?"

"我有没有那个能耐,这咱们等着瞧吧。莫非要问我问题的那些人不是和我一样的人?你还记得父亲说过的话:人什么都应该去试一试?所以我想去碰碰运气,看看到底能不能获胜。"

母亲苦苦地劝了比恰好长时间,可他就是听不进去。他动身去找国王,来到王宫后站在门口。他看看四周挂在塔楼上的干枯的人头,心情却很平静。

国王的廷臣出来问他:"你是什么人?来这里有何贵干?"

"我是个牧人,想来给国王说说最荒诞无稽的故事。"

廷臣进去禀报国王,并根据圣旨宣他进宫,给他端来椅子,让他坐下。

国王出来,等传来了刽子手,才说:"你说说自己的那些荒诞无稽的故事吧。"

"我晚上从牧场回家,家里母亲找不到东西来做晚饭。我马上从家里出去,三步并作两步跑到菜园,想去摘一个老早就注意到的南瓜。到了菜园一看,南瓜不见了。我顺着它的藤蔓走,可它伸出去老远老远,都望不到头。我跟着它走,它一直伸到海边,再从海上伸延开去。我从藤蔓上走过去,一直到了海的对岸,一看,我的南瓜原来就在这儿哩!我摘了它,再从藤蔓上回到这边岸上。我把南瓜抱回家交给母亲。她做了一顿可口的晚餐,我们才吃了晚饭。"

国王和他的廷臣喜欢听这个荒诞无稽的故事。

"好吧。你现在回家去,明天再来说第二个这样的故事。"

第二天早上,比恰洗好脸,戴上帽子,又向王宫进发。他被请进宫里,国王、所有的廷臣,还有刽子手,早已在那里等候。国王吩咐人给牧人搬来椅子,请他入座,叫他开讲。

"昨天母亲给我做了晚饭,"比恰开始讲他的故事,"可突然发现没有盐当佐料。我跑到亚美尼亚的一个地方去找盐。当我走到一个盐崖边,才想起自己既没带锛子,也没带十字镐。怎么办?我只好用脑袋去撞盐崖,结果撞下一大块盐,我背上盐块就往家返。饭菜里加上盐后味道格外香。"

这个故事也让他们开心,于是他们对比恰说:"你现在回家去吧,第三个故事明天再来说。"

比恰很称心,国王却在绞尽脑汁。他实在不知道,该来玩些什么花招才能把这个可恶的牧人打发上西天。国王找来所有的幕僚,也不知他们商量了多长时间,反正最后做出决定:明天不管比恰说什么,大家都众口一词地说:"是有这么回事! 是有这么回事!"

大家各自走散,深信明天比恰必死无疑,任何力量都将救不了他。可是命运却做了相反的安排。

第二天早上,牧人比恰不知从哪儿找来一只大桶,靠几个同伴的帮忙把它滚到王宫门前。

廷臣们一看见这只大桶,立马冲牧人嚷道:"这是什么东西?你把什么东西弄到这里来了?"

"是这么回事:我们国王的父亲向我父亲借过两只装满宝石和珍珠的这样的大桶。"

"是有这么回事!是有这么回事!"廷臣们高喊。

国王应声而出,斥责那些幕僚:"你们干吗要坑我呀?我父亲什么时候借过这么多的珍宝?我哪来这么多的财产?"

"这是谎言,这是编造的谎言!"廷臣们再次高喊。

"既然是编造的谎言,那你们就交出公主吧。"

国王面临着二者选其一的抉择:或是给牧人两大桶珍宝,或是把女儿嫁给他。因为国家并不太富有,所以国王决定把漂亮的公主下嫁给比恰,并给他们举行了结婚仪式,操办了喜宴,分给他半个国家。比恰取得了胜利,他带上妻子回到母亲身边,在那里过起了愉快而幸福的生活。

智胜磨坊主

从前有个穷得叮当响的孤儿。有一次,他到磨坊去磨玉米,磨坊主迎上来说:"我往你的玉米面里再加一些我的,我们一起来烤饼子吃!"

把饼子扔进火灰里,两个人坐下来等饼子烤熟。磨坊主是个狡猾的家伙,他想变个法子骗骗这个孤儿。他想呀,想呀,终于想出了门道:"咱们来讲故事好了,谁的故事讲得最好,谁就吃掉这个饼子。"

孤儿一开始推托,不想这么办,不过最后还是同意了。

磨坊主头一个说:"我的父亲是个穷光蛋,但身体好,人又聪明,靠养蜂为生。他跟着蜂群到处走,侍候那些蜜蜂,每天晚上都要数好几遍。有一次,他发现少了一只蜜蜂,就到处去找,还把我也带上。我们走呀,走呀,终于来到一个地方,在那里看见有个人给我们的蜜蜂套上木犁耕地。我的父亲向他跑过去,把蜜蜂夺过来,还发现轭擦伤了它的脖子。我们把蜜蜂带回家,父亲知道该怎

174

样给蜜蜂治病,他用胡桃树树根下面的泥抹在它的脖子上。蜜蜂痊愈了,后来我们自己也用它来拉犁。等父亲死了以后,我才来当磨坊主!"

下面轮到孤儿说:"我们曾经有过一只鹅,我们一家的生活都靠它。这只鹅孵小鹅、下蛋,忠心耿耿地为我们服务。有一次,我们到处找它,周围都找遍了,就是没找着。我们找到那个曾把你们家的蜜蜂套上犁耕地的人,他把我们家的鹅也套上了犁。我们跑过去,把鹅夺过来,带回了家。鹅的脖子被轭严重擦伤,父亲跑到村里去找医生讨药,答应替他干两天活。父亲捣碎胡桃,将其敷在鹅脖子上。到了第三天,鹅的脖颈处长出一棵好大的胡桃树,树上结了好些胡桃,每年我们都把胡桃摇下来,以此为生……"

狡猾的磨坊主意识到,孤儿眼看就要战胜他,于是说:"咱们还是看一下饼子吧,可别烤焦了!"

"看你说的,饼子离烤熟还早着呢。请听我再往下说!

"有一次,父亲摇了一阵子树,站到树底下再往上一望,树枝上还有三个胡桃。他找来一根大棒,想把它们打下来。可胡桃树枝叶茂密,大棒被树枝挂住后卡在中间。第二天,树上摊开一块地,还在徐徐摇晃。这真是个奇迹,叫人把眼睛都看呆了。我和父亲好生奇怪,不过更多的还是高兴。我们雇了牛,把铁犁和木犁都搬上去,在地里种上麦子。那一年庄稼长得不错,我们拿了镰刀去割,可突然不知从什么地方跑来一只兔子,从我们面前跑了过去。

我们去追,父亲朝兔子扔去一把镰刀,镰刀正好砍中它的一只后腿。我们继续追兔子,兔子疾跑,麦子纷纷被割倒。父亲对我说:'你去追兔子,我来捆麦捆。'后来兔子跑累了,不过全部的麦子也都割好了。兔子倒下,我们就生起了火,扒下它的皮后烤着吃,镰刀砍中的后腿归我吃。父亲说:'砸开骨头,你就会看见里面的骨髓!'我砸开了,没看见什么骨髓,倒找到了一封信。我拿出来给父亲看。我们读呀,读呀……"

磨坊主忍不住了:"信里到底写了些什么呀?"

"信里写了:饼子给孤儿吃,磨坊主吃渣!"

最后孤儿靠自己的机智赢了磨坊主,让他两手空空,自己却独享一个饼子。

好心必有好报

在一个村子里有个小伙子。父母早早就已过世,他不得不自己来考虑生计问题。

他的全部家产就一匹驽马和一挂破车。小伙子决定拉柴火到喀山城去卖。

说真的,那马是站都站不稳了,走路还一瘸一拐的;那挂大车也不怎么样,只要给它一脚,不马上散架才怪哩。不过小伙子是个明白人,他心疼马,注意保养大车,一次绝不往车上放太多的柴火,轻易不赶马快跑,自己大部分时间都是在一旁跟着走;在路不好走的地方,他还用肩去推着大车走。一句话,他做事一点儿也不马虎。

有一次,他往车上装了柴火,和往常一样进城去了。在集市上把柴火卖掉之后,他又不紧不慢地往家返。

这时,路前方有两个老人在勉强地挪动脚步走路。有一辆由两匹快马拉着的敞篷轻便四轮马车从他们身边驶过,车上坐着一位老爷和一位太太。

老人请求道："好人啊，能不能让我们也上车呢？我们累得都快趴下了，靠走路已到不了要去的地方。"

"你们会走到的，不会出什么事。"老爷和太太回答。

车夫朝马抽了一鞭，老爷的四轮马车疾驶而去。

跟在后面的又是一辆敞篷轻便四轮马车，车上坐着两个小少爷。

两位老人又求道："可怜可怜我们吧，可怜可怜我们这两个穷光蛋！……我们实在是腿都抬不起来了！请你们行行好，把我们捎上，我们会一辈子都感激你们！……"

"我们才不稀罕你们的感激哩！"小少爷们笑笑，"既然是步行上路，那就步行到底吧。"他们给马抽上一鞭，也从一旁驶了过去。两位老人白求他们了。

两位老人互相搀扶着，又步履维艰地向前走去。

这时，小伙子赶着破车追上了老人。他说："喂，请上我的车吧。我来拉你们走！"

"你说什么呀，小伙子！"两位老人说，"你怎么能拉我们呢！看你的马也是走不动了，你的车不拉我们也眼看就要散架了。"

"你们坐上来吧，我反正能把你们拉到就是了。"小伙子说，"你们总不会比我每天拉的柴火重吧。后面又没人催我们，我们慢慢地走，路上聊聊天，也好消磨时间嘛。"

　　两位老人没再推辞，他们看出小伙子是诚心诚意。他俩上了车，大车向前驶去。

　　路上，他们照例问起了小伙子的生活情况。

　　"小伙子，你有媳妇了吗？"

　　"没有，我还是个单身汉。"

　　"怎么会这样呢？"

　　"是啊，看来是还没遇到缘分。"

　　"嘿，小伙子，你的缘分今天可是到了。快把车掉转回去吧，我们去庆祝你的婚礼！"

　　小伙子想，两位老人家一定是在开玩笑。

　　于是他也对他们开玩笑说："就靠这么一匹驽马，难道我们赶得上吗？不，我没有娶媳妇的命。"

　　小伙子哪里知道，这两位老人不是一般的老人，他们是魔法师。他们在路上走来走去，就是为了考验每一个人，好人给以好报，坏人给予惩罚。

　　"别难过，小伙子，"他们回答他说，"一切都会很好的！"

　　他们的话音刚落，老马飞也似的跑了起来，大车也驶得飞快。

　　小伙子和两位老人终于来到一处富家的庄园。里面有很多来宾，看来整个地区的人都来到老爷家参加婚礼。

　　小伙子在马厩前停车，自己和两位老人向屋里走去。

　　老爷远远就看见了他们，所以连门也不让他们进。

"你们来此有何贵干呀?"老爷问。

"就想来婚礼上凑凑热闹。"两位老人回答。

"这样的婚礼不是你们来凑热闹的地方。"老爷说,"像你们这些穿得破破烂烂的人进不去。快走吧,这里没你们的事。"

没事就没事吧。老人和小伙子坐上车离开了老爷的庄园。

他们没走多远,在一口井跟前停下。

他们卸下马,放它到田野上去吃草,自己则坐下来休息。两位老人没坐多大的工夫,也就是想趁这时间动动脑子,占卜一下吉凶。三分钟都不到,路边坐着的两个穷老头儿已经变成穿着考究、德高望重的老者,赶车的小伙子成了一个英俊的绅士,两位老人把他打扮得像个王子。无袖上衣是丝绒的,皮靴是羊皮的,帽子是用金线缝的。

两位老人办完事,又上了车。不过现在上的已经不是拉柴火的大车,而是十分华丽的敞篷轻便四轮马车;马也不再是原先的那匹驽马,而是纯种的大走马,还不是一匹,而是两匹!

老人和小伙子又来到老爷的庄园。

主人一看见华丽的敞篷轻便四轮马车,马上跑出来欢迎高贵的客人,深深地鞠了几个躬,亲自扶老人下车。

"欢迎欢迎,尊贵的客人,看来是命运亲自把你们送到我家来乐和乐和。你们是我女儿婚礼上的贵客!"

他搀着两个老人,叫仆人领着小伙子,然后将客人安顿在宴席的显要地方,甚至都不知道该怎样迎合这几位财主才好。

"如此高贵的客人光临寒舍!"他说,"实在是三生有幸!"

这时一个老人站起来,首先谢过主人的关爱和热情招待,然后才说:"我们国家有这样的习俗:所有的客人在婚宴上都得把自己面前的盘子翻转过来,然后拿起来。要是新郎和新娘互相都称心如意,他们就会在自己的盘子下面找到一串葡萄。让我们在这个婚宴上也重温一下祖先流传下来的这个习俗吧。"

客人们都把自己面前的盘子翻转过来,可等大家都拿起盘子的时候,发现新娘的盘子底下有一串葡萄,另一串葡萄却在外来的这位小伙子的盘子底下,新郎的盘子底下什么也没有。

"现在就看出来谁是新娘的意中人了!"两位老人说。

主人懊丧极了;新娘却心花怒放,新郎还真是不称她的心哩。

新郎只好从自己的位子上站起来,从自己的婚宴上走开,赶车的小伙子则在新娘一旁坐下。婚宴又再次热闹起来。

接下来大家可开心了!但愿什么时候都是这么开心!所有的客人都吃饱喝足,只有我们的这两位老人没动过一次刀叉。凡端上来的饭菜他们都是一会儿往袖口送,一会儿往领口送,一会儿往衣襟里送。

这家的主人看见了,鼓起勇气问道:"对不起,尊贵的客人,我斗胆问问你们,为什么你们不吃也不喝,却只往你们那华贵的衣服里送呢?"

"你们这里就兴这样啊！你们看重的不是人，而是他们的服饰。"两位老人说。

他们掀开长衣的下摆，主人这才认出原来是那两个曾经被他轰走的老头。他又羞又愧，但也只好不吭声。

再好的筵席也有散的时候，这次婚宴终于也到了头。新婚夫妇吻了吻父母的手，同客人告别后便上了路——回新郎的家。两位老人与他们同行。

他们在井旁又停了下来，一切又都恢复了原样，既不见了华丽的敞篷轻便四轮马车，也没有了跑得飞快的大走马。新郎官又成了普普通通的车夫，两位老人又成了穷困潦倒的旅人。

"喂，大美人，你想要这样的丈夫吗？不害怕嫁给这个穷小子？"两位老人问新娘。

"不害怕，"新娘回答，"那些有钱人我可看得多了，没一个说过一句好话，而你们的这位新郎又温柔，又乐和。"

"那你呢，小伙子，对新开始的生活还有什么要求吗？说出来，别有什么顾虑。"

"我只想找一件好差事干，给大家带来欢乐。"

"你会找到的。"老人说，"你现在就到伏尔加河边去，在那里可以看见一间废弃的小屋和一只旧船。你就在那里摆渡过河的人吧，不管晴天雨天，天天如此。"

新婚夫妇告别了两位老人，坐上自己的大车又往前走。

正如老人们说的,他们在伏尔加河岸上看见了那间小屋和那只旧船。

他们走进小屋。好像专有人在等候他们似的,屋里收拾得干干净净,炉子里生着火,做好的饭菜装在罐子里,还冒着热气呢。

就从那时起,小伙子把人们从伏尔加河的这边岸上摆渡到那边岸上,不管什么天气他都照摆渡无误。只要有人叫他,他就随叫随到。不管白天黑夜,不管刮多大的风,下多大的雨,他都驾着船破浪前进。

人们向他表示感谢,都祝愿他身体健康、家庭幸福。

船夫就这样一直活到老,一辈子都在为人们服务。

昏庸的国王

从前,有个穷汉的房子倒了,他决定盖一栋新房子。

房子快盖好了,就差屋顶,然而穷汉已经把钱花光了。他叫工匠在上面苫上苇席,再在上面铺一层土。

"屋顶嘛,"他说,"等有了钱我再自己来盖。"

穷汉搬进了这栋还没盖好的房子。

附近住着一个小偷。小偷看见了新房子,寻思道:"这穷小子看来是发了,都盖起了新房,没准能从这里捞到一把!"

夜里,小偷爬上屋顶,可还没等他迈上一步,苇席没能承受住小偷的重量,小偷掉了下来,正好就掉在睡得死死的穷汉身上。

穷汉醒过来,起来抓小偷。但黑咕隆咚的,小偷跑了。

小偷很生穷汉的气,第二天跑到国王那里去告了他一状。

"你是什么人?你要告谁的状?"

"英明的国王啊!我想去偷一家,爬到屋顶上去,可上面根本不是什么屋顶,而是苇席。我掉了下来,险些没把脖子摔断。请您

184

严惩这家的主人吧。"

国王传来穷汉。

"这个人昨天夜里是从你家屋顶上掉下来的吗?"他问。

"是有这么回事,我的国王。"穷汉回答,"好在他是砸在我身上,否则非把脖子摔断不可。"

"好吧,既然事实如此,去把房主吊死!"国王给刽子手们下令。

穷汉央求道:"国王啊,您根据什么吊死我呢?该严惩小偷才是!"

"闭上你的嘴!你凭什么教训我!"

穷汉看到情况不妙,看来在国王那里是找不到公道的。

"国王啊,这难道是我的过错?"穷汉说,"屋顶是工匠铺的,要错也是他的错。"

"那好吧,把他放了,去吊死那个铺屋顶的工匠。"

刽子手们抓来铺屋顶的工匠,把他押向绞刑架。

"我对国王有个请求!"工匠哀告起来。

"你有什么事?快说!"国王命令道。

"国王啊,我毫无过错。有过错的是编苇席的工匠,他编得太薄太稀。如果苇席结实,即使上面有人走,它们也不至于被压塌。"

国王宣布无罪释放铺屋顶的工匠,下令去把编苇席的工匠找到并押来。

"吊死他!"国王一声吼,"全都怪他编的苇席。"

"我的国王啊,我有话要对您说。"编苇席的工匠说,"我什么时候编的苇席都很结实,可前不久我的邻居玩上了鸽子。他放飞鸽子的时候,只见鸽子在空中盘旋,把我都看入迷了。这一来我的活儿就出了次品,编出了不经踩的苇席。要说错就错在那个养鸽迷。"

国王放走了编苇席的工匠,传来养鸽迷,下令吊死他。

"国王啊! 我的爱好是向空中放飞鸽子,欣赏它们的飞行,这没什么过错。干吗要杀死一个穷人,而不去杀死那个小偷? 就是因为小偷,老百姓才过不上太平日子。"养鸽迷说。

"这说得也有理!"国王点头称是,"全都怪那个小偷。去把他押来吊死!"

刽子手们抓来了小偷,把他押到绞刑架前。但绞刑架太低,小偷的个子又高。刽子手去向国王报告:"普天之下的君主啊,小偷的个子太高,他的脚都够到了地。怎么办呢?"

国王火了:"这样的小事也要问我? 要是小偷的个子太高,难道就不能去找一个个子矮的? 难道这一点你们都想不出来?"

刽子手们走出王宫,看见一个扛着一袋面粉的矮个子男子。

"噫,这不就是国王说的那个人吗!"刽子手们心想,"国王的圣旨这下子总算可以执行了。"

他们抓住矮个子男子,把他押到绞刑架前。

这时，国王来观看死刑执行的情况。

"你说，有什么要求？"国王问。

"国王啊！我是个穷人。我在山里捡柴火，受雇供给别人，以此养活全家。我到底有什么错呢？为什么您要下令吊死我？"

"傻瓜！"国王一声骂，"我怎么知道你有没有错？要吊死一个小偷，可他个子太高，脚都够到了地。而你这矮个子正合适。"

"国王啊，"倒霉的矮个子男子央求道，"有罪的是高个子的小偷，您却下令处死一个无辜的矮个子。公理何在啊！既然小偷个子太高，您完全可以下令在绞刑架下面刨个坑嘛。"

国王想了想，说："是呀！他说得对。把他放了。吊死小偷，在他的脚底下挖个坑。"

"快，快！要不可就晚了。现在就吊死我吧！"小偷在一个劲儿地催促。

"你干吗要这么急着死去？"国王百思不得其解。

"国王啊！天堂里刚刚死了一个国王，他临死前说了：'谁第一个死后来到天堂，你们就选他为国王。'所以我才急着呢。赶快吊死我吧！"小偷又大声叫道。

国王忌妒死了。

"还不如让我到彼世去当国王呢。"他寻思着，给刽子手们下令道："把小偷放了，将我吊死！我的命令务必马上执行。"

刽子手们放了小偷，而吊死了国王。

三 杯 水

从前,有个国家的统治者是个贪婪而昏庸的国王。他越富有,就还想更富有。他把老百姓弄得一个个都穷到了极点,可他的贪欲还在有增无减。老百姓已经食不果腹,他却还在一心盘算如何发大财。

国王想呀,想呀,还终于想出了招儿。他拿定主意:在我的国家内不许有老头子存在。老人是一种负担,他们已经失去劳动力,却还要吃要喝的。应该把所有的老人都赶出国去,这样我才能得到更多的财富。他一做出了决定,马上就下令把老人们都赶到最后一块石头过去的荒漠地带。

这个国家还有一个好心人。这人一副好心肠,但是也很穷,因为好心肠的人不贪,也不会敛财。他还有个父亲,这是一个胸怀宽广的睿智老人。他把自己的儿子也培养成了这样的人。

到了把父亲送出国境的时刻,这个好心人闷闷不乐,可昏庸国王的命令又不得不听。倒是老人还在一个劲儿地安慰儿子:"确实

188

是这么回事,人老了就是累赘。"

他俩走呀,走呀,终于来到最后一块石头所在的地方,再过去就是荒漠地带了。

他俩在石头上坐下,临分手前谁都不说话。

"父亲,"好心人终于憋不住了,问,"您现在在想些什么呢?"

"我呀,儿子,我在想,当国王的亲生儿子把我们昏庸的国王领到这块石头跟前来时,他又会说些什么呢?"

"他会说些什么呢,父亲?"

"他会说:人老了也是一种幸福。不过那已经晚了……"

好心人站起来,扶起父亲,要把他领回家。老人忧心忡忡:"万一让国王知道了,我们全家都不会有好下场。"

"我们把您藏了起来,父亲,"儿子提出不同意见,"警卫要看不见,国王也就不知道。"

儿子把父亲藏起来,以避国王的耳目,他们就这样过起了日子。偏巧这时候贪婪而昏庸的国王所统治的地域发生大旱,庄稼枯死,野兽逃走,野禽飞离。

国王吓得够呛,因为他本人也难免一死。于是他下令通告全体老百姓,谁要能找到水,他一定赐给此人堆起来高过头的金币。然而谁也没能找到水,因为只有那些上了年纪的行家才知道找水的诀窍,可国内现在又找不到一个上年纪的人。

好心人去见父亲,问老人该怎么办好。他不是可怜国王,而是可怜老百姓，因为老百姓也会死掉。

"儿子，你到国王那里去，告诉他你能找到水。"父亲给他出主意。

"可我不会啊!"好心人大声说。

"我来教你，儿子。"

好心人照父亲说的去办，他去见国王，说他能找到水。

"你要什么都可以，要什么我给什么!"国王心中大悦，"我都已经有两天多没喝到水了。"

好心人从国王的马厩里牵出一匹千里马，向着一片空旷的田野疾驰而去。他看见山那边有一只鸟在飞，他去追那只鸟。千里马跑呀，跑呀，一直跑到累得磕磕绊绊为止。

好心人心想，他是追不上这只鸟的，可这时鸟在一块大石头上落了下来。好心人藏起来，看见别的鸟也在这块石头上落下来，用喙啄它。

好心人去见国王，报告说:"一条湍急的小溪从山上流下来，溪水清澈而冰凉。只不过它是在地底下流，出口让一块大石头堵死了。要是能把这块石头搬开，小溪就能直接流入城里。"

为了给小溪开道，人们大干了三天三夜。当溪水在沟渠里潺潺流淌起来，国王把好心人叫了去。

国王一开始给了好心人堆起来高过头的金币，后来只允许他带走一口袋，再后来只答应给他一帽子金币。到最后国王太心疼这些钱,只答应好心人用手抓走一把。

"我根本就不在乎钱。"好心人回答。

国王觉得有些不可思议:他第一次见到不在乎钱的人。可他随后又吓坏了,担心这小子有更高的要求,说不定他还想当国王呢。

"那你想要什么呢?!"国王吼起来。

这时好心人才提到自己的父亲,还说他能找到水纯粹是靠老父亲出的主意。

"陛下,我只求您能让老人们生活在我们国家。"好心人最后说出了自己的请求。

昏庸的国王开始考虑这个问题,考虑的时间越长,就变得越贪婪。他都已经打算拒绝好心人的请求,可这时有侍从捧着几大杯水进了他的内室。国王把什么都忘了个精光,跑过去就要喝水,一开始是喝金杯里的,而后喝银杯里的,最后喝铜杯里的。他贪婪地喝呀,喝呀,一直喝到肚皮胀破为止。

老百姓聚到一起,决定让好心人和他的父亲来照管国王的年轻儿子,要使年轻的国王长得有老人那么精明,像他的儿子那么心地善良。为了让年轻的统治者永远记住贪婪和昏庸所带来的恶果,无论什么时候都给他准备好三杯水——一只铜杯,一只银杯,一只金杯。

智慧与黄金

从前,布哈拉城有个穷光蛋。他每天走街串巷地卖水,人们都叫他马什科布,就是卖水人的意思。

一天,马什科布跟往常一样在尘埃飞扬的狭窄街道上边走边吆喝:"卖水,清凉的水! 谁要清凉的水?!"他看见迎面走来一个满身尘土的旅人。

"卖水! 买水吧,管保你喝个够!"马什科布大声吆喝,"喝水止渴呀!"

"我到过世界上很多地方,我这一辈子就是到处流浪。我很渴,可身上没有一分钱,付不起你水费。"

马什科布可怜这个旅人,让他喝了个饱,还邀他到家里去过夜。

"你是个好人,"客人对马什科布说,"你可怜我。为答谢你的好意,我告诉你制作一种特效药的秘密。病人只要服了它,不管得的是什么病,管保药到病除。为了让你能记住这种药的制法,我送给你这本处方书,你只要按上面说的去做就是了。不过要记住,对像你这样的穷人,给人家治病可不能收钱。"

马什科布接过书,向旅人鞠了个大躬,问道:"请问尊姓大名?"

"我叫阿布·阿里·伊本·辛。"

马什科布本想谢谢旅人几句,但身边再没看见一个人。只听见院门嘎吱一声响,四周又是一片宁静。

马什科布一切都按书里所写的去做,并且开始给人治病。他给穷人免费看病,只收富贵人家的钱。不久马什科布一家日子越过越红火,风景秀丽的布哈拉城不少人家的生活也很顺遂。大家都夸马什科布是"我们精明的医生",提到他时都带有几分敬重。

马什科布的日子好过了,他盖起了房子,成了家,每天吃的是雌鹌鹑抓饭。

要不是忌妒心理作祟,本来一切都会很好的。马什科布开始妒忌别人了,心想:"我干吗不收穷人的钱,而且白白给他们抓药?一个人有钱没钱,这关我什么事呀?要是也收穷人的钱,我早就成了布哈拉城的首富。"

马什科布早把阿布·阿里·伊本·辛的劝告忘到了九霄云外。就在那一天,当一个和他过去一样的穷光蛋来找他替病孩子抓药时,他说:"付钱吧!"

"我一分钱也没有。"穷光蛋哭起来。

"给我滚一边去!"马什科布医生一声大吼。

这时他突然意识到,已经记不得这药该怎么配制了。他要找阿布·阿里·伊本·辛送的那本处方书,但也枉然,书已不翼而飞。马什科布绞尽脑汁,努力回忆这种特效药的配方,却已经记不得了。

很快,没用多长时间,他花光了所有的积蓄,失去了房子和财产。

马什科布又开始在大街小巷边走边吆喝:"卖水,清凉的水!谁要清凉的水?"

每一次,当他往杯子里倒水时,他总要大声说上一句:"叫那个名叫阿布·阿里·伊本·辛的旅人不得好死!"

他愤恨至极,已经变得十分憔悴,酷似一只每逢饥寒交迫总要哑哑叫上几声的黑乌鸦。

一次,当马什科布和往常一样在大街小巷边走边吆喝卖水时,他碰见一个骑骆驼的人。

"喂,马什科布!"骑骆驼的人喊道,"我是个过路人,没地方歇,就让我在你家过夜吧。"

马什科布本不想留宿一个陌生人,但又不能违反好客的规矩。

"好吧。"马什科布很不情愿地答应下来,把旅人领进屋。

"你是个好人,"旅人第二天早上对马什科布说,"你的好客值得奖赏。告诉你吧,我是个大化学家。为了表达对你的谢意,我告诉你制作黄金的秘密。不过你得记住:在这方面你不能对老百姓保密。等大伙儿都掌握了黄金的制作方法,世界上就不会再有纷争,妒忌也会消失。到那时候宁静与幸福便会进入每个家庭。黄金的力量就在于它应该属于全体人民。为了使你能记住制作黄金的方法,我留给你一本关于化学奥秘的书。"

马什科布和外乡人用一个晚上制出一块金锭。

马什科布惊呆了。当外乡人要走时,他都忘了起来送客人。

"人们要是知道我有黄金,就会来偷的。"马什科布心想,在贪婪心理的驱使下他几乎丧失了理智。

"我就要发了。"他心里暗自高兴,"所有的人都会对我毕恭毕敬。我可不能泄漏半点制作黄金的秘密。"

他又买了房子,家里铺上地毯,到处摆上珍宝,过起了富足和阔绰的生活。

马什科布把旅人说的话完全忘到了脑后。

一年过去,马什科布的那块金锭已花得所剩无几,他赶忙去找旅人留下的那本书,可书已经变成一块石头。

"唉,我破产了,破产了!"马什科布大声说。

他又重操起在大街小巷卖水的营生。

一次,他又遇到那个旅人,这次旅人骑的是马。

"喂,马什科布!"旅人喊道,"你不认识我了? 咱们可是打过两次交道哩。我是阿布·阿里·伊本·辛。我曾教会你制药。但你这人太贪,没履行我提出的条件,居然要收穷人的钱,我只好让你忘了处方。我本以为你会改邪归正,所以才告诉了你制作黄金的秘密。可是你又没听我的话,利令智昏,以致受到惩罚。这本书我写了三十三年,是为人民大众写的。你却只为个人的私利将之攫为己有,所以我那本书变成了石头。只有立志献身民众的人,才能用温暖的心去软化石头,从中摄取全部智慧。用黄金是买不来知识的。"

直到这时马什科布才认出旅人就是哲人阿布·阿里·伊本·辛,他痛心疾首地扬声叫道:"哲人啊,我瞎了眼睛,还请你多多包涵!"

但阿布·阿里·伊本·辛只是摇了摇头,骑马一溜烟跑了。

魔　　井

从前有个天下无匹的可汗,他拥有许许多多的金银财宝,不过他最最宝贵的还是女儿贾马尔。

贾马尔的眼睛像两个太阳,脸颊像鲜红的玫瑰花,沉甸甸的辫子一直拖到地。人世间再也找不出第二个像贾马尔这样的大美人。

转眼贾马尔就到了该出阁的年纪。可是怎样才能找到一个与漂亮姑娘相匹配的新郎官呢?

可汗想呀,想呀,终于想出了绝招儿。他派人去挖好一口井,然后叫传令官到全国各地去宣布:谁要想娶可汗的女儿为妻,他必须得用黄金或珠宝把这口井填满。

但是可汗隐瞒了一点:这是一口魔井,要填满它远非那么容易,不是每一个人都能做到这一点。

那些有点胆量的小伙子,哪怕有的只听说过一次贾马尔无与伦比的姿色,都跑来向姑娘求婚。

大量珍贵的礼物被扔进井里,可没一个人得到姑娘的应允,因为谁也没能用黄金或珠宝填满可汗的这口井,就是一半也填不到。

当时还有个很有名望的巴依。然而他引以为豪的不是财产,而是自己的独生子。

巴依的儿子不但长得英俊,而且为人胆大、豪勇,还力大无穷,生活中事事顺遂。有这样的儿子谁都会觉得自豪!

巴依的儿子也听说了贾马尔的天香国色,决定去碰碰运气。

他父亲那里黄金有的是。可是怎样才能知道,填满可汗的井得要多少黄金?巴依叫人在自家的后花园挖了一口深不见底的井,然后用黄金填满。他用多少袋黄金填满的这口井,就叫人将这么多袋的黄金让骆驼驮上,再让儿子将这些黄金运去送给大美人贾马尔。

“可汗大概还没收到过这么多的礼物呢。”巴依的儿子上路时想。

他后面跟着一队长长的驮运队:一百峰强壮有力的骆驼在重荷下身子一摇一晃地缓步前进。

驮运队在路上走了好些日子,后来终于看到了城墙,抵达贾马尔所在的城市。

巴依的儿子让驮运队在可汗的王宫前停下,自己骑着马径直走到井跟前,下马后往井里瞅了一眼。

“这井还没我家那口井宽和深,”他心里想,“我一定能用金子填满。"

接着,他口气坚决地要王宫门前的卫兵让他进去见可汗。

"我来是为了娶你的女儿,伟大的可汗。"马依的儿子说,"请你不用为我的财产担心,填满你的十口井我都有富余。"

"我只要你填满一口井。"可汗说。

"那就更没有什么好说的了!我看都不用把口袋里的金子往井里倒,因为我带来的这些金子显然绰绰有余。干吗要白白浪费时间呢?"

"说得对,"可汗说,"不应该白白浪费时间,可你净在说些废话,这就是浪费时间。"

"伟大的可汗啊!"小伙子扬声说,"你看看窗外,一百峰骆驼都被金子压得弯了腰,那都是我要送给你的礼物,根本就不用拿这些金子来填你的这口井。"

"你就填吧,只有填满了,你才能得到想要的东西。"

"好吧,那就照你说的去办。"巴依的儿子回答。他叫自己的仆人把口袋里的金子往可汗的井里倒。

可是怪事出现了!所有的口袋都倒空了,居然还填不到井的一半。

这时巴依的儿子叫人卖掉所有的骆驼和随从,把卖来的金币也往井里扔。

然而这也远远不够,井反正是填不满。巴依的儿子再也没地方去找来金币,他将最后一枚金币扔进井里以后,便缓缓地离开了王宫。

他又饥又疲,四处流浪了好些时日。身上的衣服已经破烂不堪,他不得不随便找个活儿干干,也好混口饭吃。

他甚至都不敢有回故乡的念头。回家的路途相当遥远,而他又身无分文。他那身破衣衫的兜里如今很少能听到钱币的叮当声了。

可有一次,大美人贾马尔乘车从城里走过。而卡希姆(巴依的儿子叫这个名字)偏巧这时扛着一捆柴火在大街小巷里串,往各家院子里望望,大声吆喝:"谁家要柴火?"

贾马尔一看见卡希姆就喜欢上他了,她让仆人去把他叫过来。她用盖布罩住脸孔,同他打招呼道:"请告诉我,小伙子,你是什么人?从你的脸和手一眼就可以看出你不是干重活的。老实告诉我吧,你到底是什么人?"

"好呀,我来告诉你实话。"卡希姆回答道,"我来到这里,是为了娶美丽的贾马尔。我带来一个驮运队运金子给她的父亲送礼,可这么些金子总也填不满那口井。我又卖掉了所有的骆驼和全部随从,拿到不少金币,可把它们扔进井里犹如水滴掉进大海。这样一来我就成了个穷光蛋,只好上街卖柴混口饭吃。"

"我可怜你。"贾马尔听完他的讲述后说,"刚才你说了,为了向可汗的女儿求婚,你交出全部财产,可你甚至都还不知道,她果真有人们说的那么漂亮吗？说不定世界上根本就没有这么一个人，是狡猾的可汗杜撰出来骗钱的？不过，你听我说，我可以帮你这个忙。你今天去弄几枚钱币来，明天去见可汗，告诉他，说你想碰碰运气。只是你得牢牢记住我的话：在没有亲眼见到贾马尔之前，千万不要往井里扔钱。"

"谢谢你的这番好言相劝，"卡希姆仍满腹惆怅地说，"不过我最好还是别进宫去。就算我亲眼见到了漂亮的贾马尔，又有什么意思呢？我一天挣来的那几枚可怜的钱还盖不满井底呢。"

"你这么说是没有根据的，"贾马尔说，"因为这口井是口魔井。我给你公开它的秘密吧：只有贾马尔真心相爱的人，才能用钱币填满这口井。要是这样，有几枚钱就足够了。要不，全世界的珍宝也填不满这口井。你听我的话好了，就按我说的去做。"

"好，我听你的。"卡希姆大声说，"不过貌似天仙的贾马尔能将她的芳心交给我吗？"

"去碰碰运气吧。"贾马尔说，"你已经无缘无故交出了一个驮运队的金子，现在就不要再去计较那几文钱了。没准它们还真能给你带来好运。"

小伙子手不停歇地干了一整天活，晚上他的口袋里已经有了几文钱。

第二天早上，卡希姆又来到可汗的王宫。

大门口的卫兵好久都不放他进去。

"你也想娶可汗的女儿!"他们嘲笑他。

"你那几文钱快用破桶拎走吧!"

"快趁早滚蛋!"

但卡希姆一再坚持要进去,根本不把他们的冷嘲热讽放在眼里,最后卫兵还是给他放了行。

"我来向您的女儿求婚。"卡希姆对可汗说。

"好呀,试试你的运气吧。"可汗冷冷一笑,"只是你知道吗?谁要想娶我的女儿,谁就得用金钱来填满我这口井。"

"我知道! 不过您得先让我看一眼您的女儿。我想亲眼看看,她是不是有人们说的那么漂亮,值不值得我花光所有的钱?"

"看来你的钱不多,所以你很心疼它们。"可汗说,"说实话,你那双眼睛不配看我的女儿。她有不少追求者,你可比他们差多了!可他们一个个都不得手,你干吗要在这里白白浪费时间呢?"

"您说对了,"卡希姆说,"干吗要白白浪费时间呢? 您这就是用废话来浪费时间。我的钱多得你数也数不完,可白白扔掉我也不干。还是先让我这双不配的眼睛看一眼您那漂亮的女儿吧。"

可汗没办法,只好差仆人去叫来公主。

贾马尔来了。

卡希姆瞅上她一眼,他的心犹如笼中之鸟怦怦直跳。

"唉,"他想,"我干吗要来这里呀,我干吗要看见她呀! 往后要离开王宫对我将是更大的痛苦啊! ……"

　　可贾马尔在看着他笑。她看他的时间越长，他的心就更充满对她的爱。

　　可汗望着他们，冷冷一笑。"怎么样?"他对卡希姆说，"我让你看了我的女儿，你该让我看看你的钱财了吧。是不是我的女儿不值你的那些礼物呢?"

　　卡希姆什么也不说，不声不响地将自己那几文钱扔进井里。可还没等那几个钱币到达井底，井里就翻腾起来，转眼间整口井便填满了金银珠宝。

　　可汗都不敢相信自己的眼睛。

　　卡希姆却望着它们一个劲儿地傻笑。

　　"你看见了吗，可汗? 我的钱财够多的吧!"

　　就这样，卡希姆娶了大美人贾马尔做妻子。

吹卡那尔号的小伙子

从前有个穷汉,他有两个儿子。临终前他把两个儿子都叫到跟前,对他们说:"孩子,你们很快就会单独留下来了……你们要和睦相处,互相帮助,共渡难关。"他一说完便咽了气。

父亲死后不久,哥儿俩便口角不断。

一次,弟弟做了一个梦,梦见父亲来到他跟前说:"我的好儿子,我求你了,你把全部财产都给老大吧,因为他有家室。你自己可以拿上我的那管卡那尔号去浪迹天涯,给那些心中愁闷的人吹,也给那些开心的人吹,从中你也可以找到幸福。"

父亲说完便不见了。

小伙子果然照父亲说的去办:把财产交给哥哥,自己带上卡那尔号便四处流浪去了。一天晚上,小伙子不知不觉来到一座大山脚下的山洞边,打算在里面过夜。他不知道这山洞是恶魔的栖身之所,更不知道里面藏有大量抢来的金银珠宝。

夜降临了。恶魔们聚集在山洞里,相互吹嘘自己要的把戏。

"我呀，"第一个恶魔说，"让一个国王的女儿昏迷不醒。为了不使她苏醒过来，我派了两个隐身鬼身不离左右地监视她，不让有药能治好她的病。"

"那她怎样才能治好自己的病呢？"第二个恶魔问。

"要是她身边有人突然吹响卡那尔号，那小鬼们便会吓得四下逃散。"第一个恶魔回答，"姑娘又会变得健康、开心。"

这时恶魔的头儿来了。

"呸，呸，这里有人的气味，你们没有闻到？"他大声叫道。

恶魔们在山洞里四散开来，把小伙子拉到中央。

"我们来将他撕成碎片！"头儿一声吼。

小伙子却毫不显得慌乱，抓起了卡那尔号。一听见号声，恶魔们吓得扔下所有的财宝，纷纷逃出山洞。

早上，小伙子从赶着牲口路过的牧人那里买下四十峰骆驼和四十头毛驴，让它们驮上珠宝，运回了家。这时他的哥哥正满面愁容地坐在台阶上，小伙子便问哥哥为什么不高兴。哥哥回答说："我们已经穷得叮当响，孩子们都饿着肚皮，这叫我怎么高兴得起来呢？"

"别难过了，"小伙子安慰哥哥说，"我弄来的财宝够你们用一辈子！"

小伙子把珠宝交给哥哥，自己带上卡那尔号，重又云游四方去了。他就这样从这个村庄走到那个村庄，在一些喜庆节日上吹他的卡那尔号,最后来到一个城市。这个城市的居民一个个都是那么郁郁寡欢,不爱说话。

小伙子问一个路人个中缘由,路人说:"我们的国王有个独生女儿。她病了多年,不吃也不喝,不说也不笑。因此国王不许在自己的地域内有歌声和笑声,也不许有任何游艺活动。谁要能治好公主的病,国王答应分给他半个国家,但那些名医中就是找不到一个人能治好她的病。"

小伙子听了这番话后,径直走进王宫,对国王说:"我能治好您女儿的病。"

国王把小伙子领进姑娘的卧室。小伙子叫大伙儿都出去后,自己吹响了卡那尔号。那两个看守公主的隐身鬼惊惶逃窜,公主重又变得健康、开心。

国王大喜过望,把小伙子召来,要将一半国家分给他。小伙子却不接受任何财宝,他只要求用卡那尔号为市民们吹上一曲,他们已经有好些日子没听到过乐声和歌声了。

公主身体康复的消息迅速传遍全世界,各地的王子都跑来向公主求婚。但她义无反顾地只爱着吹卡那尔号的小伙子一人,让那些名位显赫的求婚者一个个都吃了闭门羹。

"好闺女,"忧心忡忡的国王对她说,"我已经老了,可我还没有继承人。你自己找一个适合继承皇位又称你心的人吧,你就告诉我这个小伙子叫什么名字好了。"

"父王，"公主回答，"请您降旨全国所有的男子，要他们从宫殿前走过，我来挑合自己意的……"

国王赞成她的意见。在国王的一声令下，全国所有的男子都从宫殿面前走过，然而公主谁也看不上。

"还有其他小伙子没来吗？"国王问。

"还剩下一个吹卡那尔号的穷小伙子，别的都来过了。"卫兵回答。

国王传来小伙子，问道："你为什么不到王宫前面来？"

小伙子回答："那些有钱有势的人一个个都从公主眼前走过了，公主居然没瞧上一个，何况我这个吹卡那尔号的穷光蛋？"

然而国王不听他的，坚持要他到王宫去。当小伙子刚从公主的窗户底下经过，她就把花抛给了他。

吹卡那尔号的小伙子和公主的婚礼持续了四十天又四十夜。他们后来活了好长时间，生活得非常幸福美满。

巴哈迪尔与多诺

从前有一对穷得叮当响的夫妇,他们有个儿子叫巴哈迪尔,这是个聪明、善良、英俊的小伙子。在一个炎热的夏日,巴哈迪尔在路上遇见一个被重荷压得弯了腰的老人。他马上过去帮忙,把货送到老人家。老人被小伙子的同情心所感动,从怀里掏出一枚戒指,说:"请你将这枚戒指交给抚养你成人的父母!"

等巴哈迪尔把戒指带回家,父母对如此贵重的礼物感到非常惊讶,交代把它收藏好。巴哈迪尔夜里睡不着,偷偷地取出戒指,拿到月光下仔细端详。突然,像在镜子里一样,他看见在鲜花盛开的花园中有一座华丽的宫殿。再仔细一看,他又看见一个坐在树荫下的漂亮姑娘。他诧为奇事,一直目不转睛地望着这枚戒指。姑娘似乎也觉察到他的目光,抬起眼来莞尔一笑。

在另一个地方有个善良、公正的国王,他有个叫多诺的风姿绰约的女儿。有一次,多诺梦见一个相貌堂堂的小伙子,她把这事告诉了母亲。

可母亲回答说："好闺女,这都是梦,你很快就会忘掉的。"

姑娘却忘不掉,每天晚上躺下睡觉时都满怀希望地自言自语:"要是再能梦见这个小伙子该有多好啊!"

巴哈迪尔也从那天夜里起变得心绪不宁,常常独自一人端详那枚戒指。有一次,他对父母说:"我已经长大成人,但除了家乡哪儿也没去过。你们就让我到外地去闯闯吧。"

"你要上哪儿去呢?"父母吃惊不浅。

巴哈迪尔指了指远山,说:"华丽的宫殿看来应该是在那边,而且是在一个鲜花盛开的花园里……"

父母对儿子的这番话深以为异,不过并不跟他争辩。送儿子上路时,父亲从屋里取出一柄锋利的马刀,交给儿子时说:"带上这柄我们家祖辈相传下来的马刀,它什么时候都只保护那些善良、诚实和公正的人。"

与此同时,多诺的美貌传到邻近一个可汗的耳朵里。这个可汗也有一个儿子,这是一个又懒又痴的小伙子。可汗打算让自己的儿子去娶国王的女儿,以便有朝一日把国王的领地攫为己有。当听说有人要来提这门亲时,多诺断然拒绝嫁给可汗的儿子。

巴哈迪尔到处流浪,终于在一天早上来到高山脚下的一座丰饶之城的城门口。他进了城,便听见传令官在大声宣读:"你们听着,好人们,你们都得听,别以后说没听见! 邻近的可汗背信弃义向我们宣战! 所有诚实和正直的人们,起来保卫城市吧!"

巴哈迪尔加入了国王的军队,同背信弃义的可汗的军队厮杀起来。在激烈的战斗中,不少士兵倒下了,许多勇士抛下了头颅。敌人溃退,国王班师回朝。国王下令把在战斗中表现得特别勇敢的年轻士兵传进宫来。

"喂,勇士,你是什么人,何方人氏,哪家的儿子?"国王问巴哈迪尔,"你在战斗中表现得勇敢而高尚,现在想要什么就说吧!"

马哈迪尔把事情的经过一五一十、毫不隐瞒地对国王说了,于是国王派人叫来女儿。当巴哈迪尔和多诺见面的时候,两人都高兴得有些忘乎所以。巴哈迪尔和多诺的婚礼筵席在王宫里持续了四十天又四十夜。到了最后一天,邻近的可汗来赴宴,似乎是来向国王表达友谊与和平的诚意,可实际上他往酒杯里放了毒药,单请国王和巴哈迪尔喝下。

国王本来要喝,巴哈迪尔却不让他喝,并对可汗说:"敬酒的人自己先得尝菜喝酒。"

可汗却不喝,而是把它泼在地毯上。这时国王看出了可汗的阴谋,不禁龙颜大怒。但国王并没杀死对方,因为可汗是客人,只是命令把他轰出城门,再不许他进城。

"你这个招人喜欢的小伙子,不仅是个勇敢的士兵,还是个洞察一切的谋士。"国王对巴哈迪尔说,"因此我决定任命你为我的第一助手。"

就这样巴哈迪尔成了国王的第一助手,他的聪明、诚实和公正一直在老百姓口中传为佳话。